人间取舍

晚情——著

青岛出版集团 ｜ 青岛出版社

图书在版编目（CIP）数据

人间取舍/晚情著. —青岛：青岛出版社，2023.2
ISBN 978-7-5736-0562-7

Ⅰ.①人… Ⅱ.①晚… Ⅲ.①散文集－中国－当代 Ⅳ.①I267

中国版本图书馆CIP数据核字（2022）第201215号

RENJIAN QUSHE

书　　名	人间取舍	
作　　者	晚　情	
出版发行	青岛出版社（青岛市崂山区海尔路182号）	
本社网址	http://www.qdpub.com	
邮购电话	18613853563	
责任编辑	龚雅琴	
特约编辑	崔　悦	
校　　对	耿道川	
装帧设计	蒋　晴	
照　　排	梁　霞	
印　　刷	三河市良远印务有限公司	
出版日期	2023年2月第1版　2023年2月第1次印刷	
开　　本	32开（880mm×1230mm）	
印　　张	8	
字　　数	200千	
书　　号	ISBN 978-7-5736-0562-7	
定　　价	39.80元	

编校印装质量、盗版监督服务电话 4006532017 0532-68068050

每个人都希望拥有更多东西，而不愿意舍弃任何东西，
这是人性，却也恰恰是人生最大的制约。

当一种关系需要你委曲求全地去延续，
不断牺牲利益去维护时，其实，它早该被结束了。

你不愿意离开山脚，
就不可能领略山顶的风光。

人生其实很公平：你选择了踏踏实实地奋斗，未来也会睡得安安稳稳；
你选择了投机取巧，未来就可能不过是一场海市蜃楼。

我们只需要按照本心生活，那些和我们三观相同的人
自然而然就会渐渐聚集到我们身边。

如果你觉得现在的日子不是你想要的，

也许是因为你缺少一次顺从内心的断舍离。

你不愿意离开池塘，
就不可能看见远方的大海。

序

这本书一年前就签约了，当时合作多年的编辑找我说："晚情，今年我们再合作一本书吧！"

我对出书始终有情结，但还是要面对现实："亲爱的，我也想写呀，可是现在实在太忙了。你想啊，我有公司、商城、社群矩阵、平台矩阵，现在又创了一个玫瑰护肤品牌'忘羡之谜'，每天只睡五个小时，实在没有时间写书了，我怕我交不了稿。"

她安慰我说："放心吧，咱俩认识多少年了，难道我还会逼你吗？你先签了，啥时候有空你就啥时候写，我只会在适当的时间问问你进度，保证不逼你。"

听她这样说，加上我对出书有执念，于是就有了这本书。

之后，我果然一路忙忙忙，一年时间过去了还没有开始写。严格来说，我也绝对不是没有时间，一直在写平台的原创文章，也一直在做社群里的课件，但这些事情我都可以利用碎片化时间完成。唯有写书，我必须拥有一段相对较长且不被打扰的时间。

在写书这件事上我对自己有两个要求：一是写书的那段时间，只能写书，其他事情不能来干扰我；二是我的状态必须非常好，要到达那种非写不可，不写就难受的情况下再开写。

有一天晚上，一位朋友发了一本书稿给我，要我写一段推荐语。我看着她的书稿，想着如何给她写推荐语，看着看着，那种强烈想写书的欲望突然就来了。

我很惊喜，因为这一年来忙得都没有时间去整理一下自己的思绪，那一刻，我只有一个强烈的感觉：赶紧打开电脑开始写书。

那一刻，各种主题、观点在我的脑海里纷至沓来，文思如泉涌大概就是这种状态。

当天晚上，我就把手边其他工作布置了一下。我们的团队经历了解散又重组后，每一位小伙伴都让我十分满意，我也正想让她们有更多的历练机会，便把各个模块分别交给她们，让她们能够更好地施展自己的才能。

而我，正式开写这本《人间取舍》。

其实，在我下这个决心的时候，我也正好做了一次断舍离。

很久以前，我是单打独斗的，可能是正好抓住了互联网的机会，也可能是因为自己正好有几分才华，很快就取得了成功。

与管理团队相比，我可能更擅长管理自己，由此也养成了事事亲力亲为的工作习惯，搞得自己很累。

我清楚真的要把事业做起来，必须学会放手，让她们去试错、成长，但心里还是会有另一个声音：再等等，让她们更熟练一点儿。

我知道这样做不好，想改变却一拖再拖，以至自己没有时间做真正感兴趣的事，每天都陷在一堆杂务当中。

但因为要写这本书，我就逼着自己做了一次断舍离。

在下定决心不管的时候，其实内心还是有点儿忐忑的，但真正放手后，我觉得久违的轻松感似乎回来了，好像一台老旧的电脑突然清空了内存，又能快速地跑起来了。

我喜欢这样的感觉，这也是我写这本书的初衷。

如果你觉得人生非常累时，也许你应该清空一些令你烦忧的人或事。

如果你觉得生活非常累时，也许你替别人背负了太多东西，既影响了别人成长，也影响了自己的生活质量。

如果你觉得现在的日子不是你想要的，也许是因为你缺少一次顺从内心的断舍离。

愿这本《人间取舍》能带给你一些勇气和慰藉，让你找到生命真正的意义。

目 录

C O N T E N T S

目　录

毁了价值二百六十万的松树后，
我终于明白了两个字

去年，我在上海参观了一位朋友的会所，他在浦东租了一幢小别墅，将其装修得干净整洁，小别墅还带了一个大院子，院子里种了不少植物。

我去的时候是夏天，整个小区安静、清凉，让人的心瞬间就静了下来。

我说："上海租金这么贵，你怎么想到租这么一个会所呢？"

他说："就是平时会客用的，在这里和关系很铁的人一起分享一些看法，喝喝下午茶，是人生的一大幸事。我觉得你也可以搞一个，平时会客、招待朋友特别好，毕竟有时候在家里不是很方便。"

我心动不已，回来后就立刻开始行动了。

设计花园的时候，设计师说："所有的花草树木都在合同里了，但是一般院子里需要一株镇宅的松树，这棵树需要你自己买。"

我心想，反正我也不种什么名贵的树，一棵树也要不了多少钱，就很愉快地签了合同。

过了几个月，设计师提醒我可以去物色松树了，还给我推荐了几个地方。

于是，在一个阳光明媚的周末，我和先生去买树了。

树木基地很大，门口有一株松树，看到枝干和树形很有感觉，我随口问："这棵树多少钱？"

老板说："一百八十万。"

我内心震惊不已，假装很懂行的样子点点头，继续向前走去。一离开老板的视线，我就开始吐槽："一棵树居然要一百八十万？打死我我都不会买的，就算去掉一个零我也不会买，而且如果将这树买回去，说不定过几个月就被我养死了，那我不是亏大了吗？"

先生也感慨说："以前就听说有些树特别贵，也没具体去了解过，反正我们也不好这一口，随便种一株还过得去的树就可以了。"

但逛一圈下来，但凡我稍微喜欢一点儿的树，没有一株是便宜的。价格在我的预算里的树，就像被拔了毛的鸡，叶子稀稀拉拉，树形散乱，毫无美感，估计和我直接去山上挖一棵来也差不了多少。

逛到后面，我越逛越泄气，没想到奋斗这么多年，连棵树都买不起。

先生说："我们不懂行，这样瞎逛不是办法。我记得我有个同学是做园林方面的工作的，我打电话问问。"

十分凑巧的是，他同学就在这个树木基地做生意，还做得挺大的。

我们一路找了过去，他同学的店铺门面挺气派的，门口种了不少好树。刚才逛了一圈，我对树已经有了基本的认知。

他同学说："你看到的估计都是日本松，如果是国产的松树，估计就便宜很多。不过松树主要看造型，修剪得好的国产松也不便宜。"

我指着他的院子中的两棵松树问："这棵应该是日本松，那棵应该是国产松了吧？"

他笑着摇了摇头说："不，两棵都是日本的。"

我有点儿不相信，这差别也太大了。我已经能认出日本松了，但另一棵看着和国产松很像啊！

他说两棵确实都是日本松，当年的进价都是差不多的，但现在一株卖二百六十万，另一株只卖八十万。

然后，他就给我讲了这两棵松树的故事。

那株值八十万的日本松是他刚开始做花木生意时，花大价钱从日本进来的，进来之后悉心呵护，掉片叶子都觉得心疼。

别人告诉他:"松树不是这么养的,你要给它剪枝的呀!"

但是他舍不得:"这么贵买回来的树,一下子剪掉那么多,心都疼死了。再说了,现在的造型就挺好看的,干吗还要再剪呢?!"

几年之后,这棵松树就越长越残了,既没有了原先的姿态,也没有了应有的活力。

他心疼不已,但已经错过了很多好时机。后来,他又买了另外一棵松树,就是后面值二百六十万的那棵。

这一回他学乖了,每年两次请人来给松树剪枝和弄造型,然后这棵松树的形状越来越好,渐渐成了他院子里的镇店之宝。

好几个老板出过价想购买这棵松树,但因为他在这棵树上倾注了太多心血,便一直没舍得卖。

他说:"你别看它现在枝叶繁茂的样子,明年到了一定的时候,我又会把它剪得很稀,但第二年,它就会比上一年长得更好。"

原本我只想买棵树,没想到还听到了这么有哲理的故事。最后他建议我在预算有限的情况下别考虑松树了,好的松树就没有便宜的,可以换红玉兰什么的,不但便宜,开花的时候还好看。

我考虑了一番,接受了他的建议。不然买棵落毛凤凰一样的松树回去,我看着也郁闷。

我记得以前看到过这样一个故事:

曾经有一个年轻的商人，不小心在黑暗的山谷里迷了路。天很黑，他努力了很久都没有找到走出大山的方向。

在刺骨的寒风和黑暗的侵袭下，他十分恐惧，害怕把命搭在这里。

就在感到绝望的时候，他听到了一个声音对他说——

"年轻人，地上有石子儿，快捡几颗吧，天亮会有用的。"

但他不知道在漆黑的夜空下和荒无人烟的山谷里，这声音是从哪里来的。他以为自己遇到了鬼魅，内心更害怕了，拼命地奔跑起来。

但那个声音不停地追着他说："年轻人，地上有石子儿，快捡几颗吧，天亮会有用的。"

为了避免这个声音继续纠缠他，他想：我还是照做吧。

于是他弯腰随便捡了几颗石子儿放在手里，就这样握着它们，竟奇迹般走出了山谷。

太阳升起时，他很好奇这石子儿到底是什么，竟然有这么大的魔力。借着晨曦，他摊开了自己的手心，发现所谓的石子儿竟然是金灿灿的黄金。

这时候，他不由得后悔万分，如果早知道这是金子，昨天晚上就多捡一些了。他大半夜地赶路，不就是为了多赚一点儿钱吗？昨天晚上他若多捡点儿金子，接下来的日子可就轻松多了。

年轻的商人逢人就把自己的懊悔心情讲给别人听，为自己曾经失去的金子而后悔不已。

一位老者听完他的经历后，对他说："你要感谢自己那天晚上不知道这是金子，才有命活着走出山谷。如果你知道这是金子，会捡了还想再捡，根本不会想着还要去寻找出路，到最后会死在一堆金子上。"

年轻的商人幡然醒悟，庆幸不已。从此他再遇到任何诱惑，都会想起这一段经历，最后事业越做越大，终于成为富甲一方的富豪。

他花高价请了一位书法大家，帮他写了两个字悬挂在墙上，时时警示自己，这两个字就是：

"舍得！"

全职妈妈重入职场一个月以后……

朋友说她有一个表妹是我的书迷，特别想加我的微信，已经找她好几次了。朋友问我能不能把我的微信给她表妹，还特地交代："我知道你忙，反正她就是想看看你的朋友圈，你偶尔搭理她一下，自己忙的时候不用管她。"

话说到了这份儿上，我也不好拒绝，就加了她表妹的微信。

一开始，朋友可能交代过她表妹我很忙，没什么时间聊天儿，所以她表妹和我打了招呼，说很喜欢看我的书就结束了。

每次我发朋友圈的时候，她表妹会及时地给我点赞。我也慢慢对她表妹有了印象，偶尔会和朋友聊起她的这位表妹。

朋友告诉我，她的表妹以前是做跟单的，有了孩子后没人帮忙带娃，就只能辞职在家自己带孩子，但脱离职场后很焦虑，无意中看到我的书，觉得看了后很平静，就把我的所有书都买了回去。

一次朋友的表妹带孩子来看她时，发现她的书架上也有我的书，就惊喜地说："你也喜欢看晚情的书啊？你的居然还是签名书！"

朋友说："我和晚情是朋友，要她的签名书还不容易啊！"

她的表妹很高兴，就想通过她加我的微信。

朋友告诉我时，我笑了笑说："你表妹主要是没有见过我，要是见到了就知道我不过是普通人而已。"

大概朋友把我们的聊天内容告诉了表妹，当天晚上，表妹就找我聊天，说自己在家带娃两年了，特别焦虑，每天都胡思乱想，想着一直在家带娃，会不会和社会脱节？等以后孩子上学了，自己再找工作是不是很难找？

她还担心自己每天陷在家里，越来越没有魅力，老公会不会移情别恋？到时候自己没有收入，也不好找工作，万一老公提出离婚，自己连抚养权都拿不到。每次想到这些事，她就寝食难安。

原本她就挺焦虑的，结果这段时间她的一个同学就遇到了这种事。她的同学在家里照顾孩子，老公却和公司里一个女同事打得火热，两个人还一起出差。被她的同学发现后，老公不但不悔改，还提出了离婚。可怜她的同学三十多岁，没有收入，房子是租的，共同财产只有几万块钱，老公不要孩子，也不肯出抚养费，那叫一个惨哪！

她知道此事后感同身受，更加焦虑。她也将这种焦虑情绪带入了夫妻感情中——只要老公没有马上回她信息或者接她的电话，她就开始胡思乱想，很多大戏，这种情况要等老公回家后才会好转。

但老公真的回家后，她又开始周而复始地确认各种事情，比如："你今天为什么这么晚回我的电话啊？

"你今天干了些什么啊？

"以后你会不会不要我们母子啊？"

任她老公再迟钝，也知道她在琢磨些什么了。一开始他还会耐着性子保证自己绝对不会不要他们的，但次数多了就不耐烦了，叫她有空就多干点儿有意义的事。

老公的不耐烦表现在她看来，就是越来越不喜欢她了。

这让她更担心。

我理解她的心情，叫她有空的时候多看看书。她苦恼地说她根本看不进去，心里浮躁得很，感觉自己就像被困在一个茧里，怎么也钻不出来。

我也不知道该说些什么了，只能安慰她："孩子很快就长大了，等他上了幼儿园，你就可以考虑下一步的生活了，你也可以考虑一下带孩子的同时做点儿什么事。"

结果令我没想到的是，她太心急，病急乱投医，在网上被人骗了钱。

从此，她再也不敢在网上找兼职了。

我说："你真的不必这么焦虑，把心态放平，好好把孩子照顾好，不要乱想。不会发生的事，你想来想去，不是折磨自己吗？会发生的事，你想也没用，不如调整心态。因为孩子绝对能感受到你的心情——你这么焦虑，他也会没有安全感的。"

但心态这种东西不是几句话就能改变的。后来，不知道她听谁说了一种观念：女人绝对不能离开职场，宁可用赚来的钱请个保姆，也不要全职在家带娃，风险太大了。

她深以为然，和老公商量请一个保姆，自己出去工作。她老公深切地感受到了她焦虑的状态，认为这也是个办法，就答应了。

两个人很快通过熟人介绍找了一个保姆，后来她就出去面试了。

很幸运，她只面试了三家公司就找到了工作，保姆的薪水是五千一个月，她的薪水是六千，基本能持平。

我以为她总算平衡好宝宝和自己的关系了，然而一段时间后，朋友告诉我，自家表妹被辞退了。

我有点儿惊讶，她表妹这么在乎职场，又找到了满意的工作，应该会好好干，怎么还会被辞退呢？

朋友说她表妹就是个拧巴的人，在家带孩子的时候就天天念叨职场，每天都想重返职场。结果真的回到职场中后，她表妹又记挂家里的孩子，一会儿担心保姆会不会虐待和不用心照顾孩子，一会儿担心孩子会不会冷了、饿了没人管，隔一会儿就往家里打电话，甚至偷偷跑回家几次。

人只有一份精力，当她表妹将心思都放在家里的孩子身上后，在工作上自然就没那么上心了。于是她表妹不是忘了文件，就是忘记去接重要客户，给公司造成了很不好的影响。上司忍无可忍，就直接补了她表妹一个月的工资，将人辞退了。

被公司辞退挺不光彩的，她表妹也不好意思往外说。

我不知道说什么好，就想起了一个很有禅意的故事。

小和尚问他师父："师父，您得道前在做什么呢？"

师父说："我就是砍柴、吃饭、挑水啊！"

小和尚又问："那您得道之后呢？"

师父说："还是砍柴、吃饭、挑水啊！"

小和尚不解了："那什么叫得道呢？您做的事情不是都一样吗？"

师父说："得道前，我砍柴时惦记着挑水，挑水时惦记着做饭；得道后，我砍柴时就想着砍柴，挑水时就想着挑水，做饭时就专心做饭。"

故事很简单，但寓意深远，人该做什么的时候就一门心思地把事情做好。很多女人，尤其是当了妈妈的女人，经常在上班的时候记挂着家里的孩子，时不时地上网买一下尿不湿、淘两件童装，陪孩子的时候又想着工作没有做完，到最后做每件事情时都一心二用、心不在焉，每件事都没有做好。

工作的时候你就把工作做好，不辜负舍弃陪伴孩子的时间来到职场上；陪孩子的时候就陪，让他感受到你的心在他身上。

活好当下，就是你最明智的做法。

四十五岁遭遇老公背叛后，
我最想对那个女人说这三个字

昨天我在一个群里看见几位群友在安慰一位大姐。

那位大姐今年四十五岁，老公喜欢上了公司里一个年轻的姑娘，并且很投入，已经提出离婚。大姐觉得天都塌下来了，正在群里哭诉。大家正你一言我一语地声讨渣男和小三，声援大姐，她却越听越伤心。大家劝到最后，她都不想活了。

我看不下去，也进去说话了："很多女人觉得人到中年，遇到男人出轨，简直就是世界末日，其实这分两种情况。

"一种是女人长期靠男人养着，男人一旦不愿意养了，这时候女人的年纪大了，又没有一技之长，确实挺惨的。"

大姐辩解说："我可不靠他养着，我的工资比他高呢！"

我说："这就对了呀，这就是我要说的第二种情况。如果人到中年，自己有收入，老公出轨就出轨，离婚就离婚，表面上看起来好像你确实挺失败、挺惨的，但你要是换个角度想一想，这可是喜事啊！我问你，你老公在婚姻里对你怎么样？他是十全好男人吗？"

她气愤地说："好个屁啊，油瓶倒了他都不扶，也不带孩子。"

我说："所以这才值得恭喜啊，你这辈子已经被他耽误这么久了，付出得也够多了，以后你再也没有那么多家务要做了。反正孩子也大了，未来的岁月都是属于你自己的，你多轻松、多自在啊！很多女人就是想不通，好像不伺候一个大爷，就找不到自己的人生价值一样，这是多自虐啊？！女人就不能对自己好一点儿吗？你要想，从今以后，你再也不用受这份苦了，就把这大爷送给'小三'，让'小三'也尝尝这种滋味。他们也就刚结婚时恩爱两年，江山易改，本性难移，没几年'小三'就知道你现在受的苦啦！"

这时候有另一位群友问："万一这个男人以前在婚姻里表现得挺好的呢？那大姐是不是会比较舍不得？"

我笑着对大姐说："没什么好可惜的啊，就算他以前在婚姻里表现得很好，但现在不爱你了啊！既然他以前在婚姻里表现得挺好的，想必你也享受不少了。你要想着，他的青春年华你都享受了，他的奋斗成果你也享受了，接下来他都要走下坡路了。男人太多比女人大，女人都四十好几了，男人差不多五十岁了吧？容颜上女人老得比男人快，但身体上男人衰老得可比女人快多了，只不过女人喜欢强调自己的劣势，而男人不喜欢展示自己的弱点罢了。其实五十岁的男人，余下的每一天都在走下坡路，年纪越来越大，精力越来越差，越到后面越需要女人照顾。你把他的黄金岁月都享受完了，'小三'得到的就是一个走下坡路的男人啊！而且现在的人大多长寿，这时候他父母也七老八十了。中国是个讲究孝道的国家，再说他以前对你不错，你好意思不闻不问吗？舆论都可以骂死你！但以后这些都是'小三'的事了啊，通通和你无关。也就是说需要你承担义务的时候，有人哭着喊着来替你了，你是不是应该高兴一下？女人只要自己想得通，什么痛苦都没有。"

那大姐说："听你这么一分析，我好像不那么难受了，还觉得有几分道理。"

我说："什么有几分道理啊，这简直是真理好吗？！女人就是想不开！还有的女人说：'我一定要耗下去，耗死他们！'这多傻呀，自己自由自在地过日子不好吗？非要待在不幸的婚姻里，看着渣男和'小三'相亲相爱，自己天天以泪洗面，是嫌自己被气死得不够早？你好好成全他们，多拿点儿钱才是硬道理。最关键的是如果你从一开始就是这么潇洒的人生态度，男人才不会出轨，才不会在家里当大爷——他比较担心你什么时候洒脱地去享受人生，不要他了！从现在开始，你就好好打扮自己，好好享受生活，活得优雅从容一些，不要天天苦大仇深的。你越苦大仇深，他越觉得离开你的决定无比正确。你活得越好，他的心里越不是滋味，尤其是他后面的婚姻不幸福的时候，悔恨就会如滔滔江水，绵绵不绝。"

最后，那大姐说从明天开始要先去逛街、购物、做美容，然后读书、报班、练瑜伽，要重新活一次。

还有一位三十多岁的姑娘问我："嫁给一个不爱自己的男人可不可以？"

我问她："你月收入多少，够养活自己吗？"

她说她是自己开店的，一个月有三万左右的收入。

我说："嫁给一个很爱你的男人，尚且未必幸福，何况是嫁给一个不爱你的男人？对一个收入不错的女人而言，只要内心强大，不被世俗眼光裹挟，其实单身的日子也可以很爽，何必急着结婚？"

女人结婚或者不结婚，其实没有标准答案，完全是因人而异。

我们来看一下结婚和不结婚的好处及坏处。

你选择结婚，好处就是身边的人不会再天天对你催婚，你的内心会安定一些，会觉得自己和大家一样了。谁也不会再戴有色眼镜看你了，但是会对你催婚的人，也会对你催娃、催生二胎，等等。

坏处就是如果你嫁的不是绝世好男人，一般来说结婚会比单身辛苦。你要多做很多家务，要承受生育之苦，要经历养育之难，会突然多出一倍的亲戚。如果你我行我素一点儿，大家就会觉得你自私冷漠；如果你想要维持一个传统好女人的形象，就要做出很大的牺牲。你还要处理婆媳关系，还要经营夫妻关系，还要防着外面诱惑是否太多，假如他有了"小三"怎么办，等等。

你选择不结婚，坏处就是经常会遭受别人或好意或歹意地对你进行催婚，或者意有所指地说你嫁不出去没人要，等等，其他好像也没什么了，但是好处也很多。

只要你有足够养活自己的收入，想买什么就买什么，没有老公会说你败家，也不会有婆婆说你不会持家；你想上哪儿去就上哪儿去，不会有老公说你不管孩子，也不会有婆婆说你不着家；你不需要天天琢磨着如何防"小三"、斗"小三"，更不需要想着怎么和婆婆相处，人生岂止是自由自在？

但如果你内心不强大，是享受不了这种单身生活的。一静下来，你就会觉得空虚寂寞冷了；天一黑，你就会觉得自己被全世界抛弃了；别人一催，你就会悲观得想跳楼，觉得自己晚景凄凉了。

很多女人总觉得自己的不幸和痛苦都来自男人，但其实都是来自女人自己的观念。一念天堂，一念地狱，女人想开了，啥事都没有。

男人给的痛苦都不叫痛苦，最多就是一时的，女人没有养活自己的经济能力，才是真正痛苦。

三十岁以后，
我不想再委屈自己

几个月前，我妈在电话里跟我说，老家的邻居素素阿姨好像找我有点儿事，但又不好意思开口。

小时候我因为家境不好，很容易遭受别人的恶意，而素素阿姨生性善良温柔、不喜八卦，我从小到大得到过不少她的关怀照顾。

所以，我回娘家时带上了小侄子去她家串门，问她是不是有事找我。

她一边干着手头的活儿，一边不好意思地笑了笑："嗯，就是不知道会不会让你很麻烦，如果很麻烦的话，那就算了。"

我说："没事，您先说说看，我看能不能做到。"

我听完后，说："不是什么难事，过两天我给您办好。"

她反复询问我："真的不会很麻烦你吗？"

我说："不会，放心吧，我是个量力而为的人。"

她闻言，开心地笑了："那就好，我都纠结一段时间了，不知道要不要找你，上次碰到你妈就说了。不麻烦就好，办不成也没关系，阿姨还是感激你。"

我给了她一个安心的笑容，隔了两天，就帮她把事情办好了。素素阿姨千谢万谢，硬是塞了不少东西给我。

我哑然失笑。如今的我已经年过三十，哪里还会需要这些吃食呢？但我知道这是她的一番心意，更是她表达感激的一种方式，就让小侄子捧着零食回来了。

没过多久，我就忘了这件事。前几天我妈跟我说，另一位邻居有事找我。我没问什么事，光听说邻居的名字后就直接拒绝了。

我妈继续说："她是听你素素阿姨说的。你上次帮了阿素的忙，阿素很感激，不时地提起这事，所以其他邻居也都知道了呀！"

我心里后悔：当时忘了提醒素素阿姨一句。我知道她是好意，但其实她自己知道就可以了。

我说："知道了又怎样？反正我不想帮她！"

我妈说："这样不太好吧？大家都是邻居，你这样一个帮一个不帮，说不过去啊，到时候她说不定如何恼羞成怒呢！要么就都不帮，你帮了一个，另一个就不好不帮了！"

我说："对我来说，没什么好不好、说不说得过去的。我喜欢就帮，不喜欢就拒绝。至于对方是否会恼羞成怒，那就不是我该考虑的事情了。"

我妈还是试图说服我，说假如我拒绝的话，还不知道对方在背后要怎么诋毁我呢。

我不耐烦地说："我从来就不在乎他们怎么说。总之，我不想帮。"

如果不是我妈提起这位邻居，现在的我每天要忙那么多事，可能都想不起来对方了。可是如今我妈提了，我便不由自主地想起一些往事。

记得小学五六年级放暑假，我搬了一把躺椅躺在檐下看从书店里借回来的《鹿鼎记》。这位邻居迤迤然地上我家来，左右打量了一番，看到我妈在另一边洗衣服，就对她说："衣服这种东西嘛，叫你女儿洗就是了，她不是放暑假了吗？"

我妈说："也得她肯洗呀。放假到现在，她天天看书，吃饭都叫不动呢，还指望她洗衣服？"

这邻居瞟了我一眼说："那你就由着她了？要我的话，不听话就打，打了就听话。"

我妈这人从来不懂得维护自己的孩子，附和着她的话说："她有她爷爷奶奶护着，一看形势不对就跑去找庇护了，哪里会让我有机会打她？"

邻居信心满满地说："她爷爷奶奶总不能二十四小时看着她，

你想教训她还怕没机会吗？"

我妈总算也有点儿不舒服了："那她没犯什么事，我总不能瞎打她吧？"

我嫌邻居烦，把躺椅搬到另一边继续看书了，用行动告诉她：我真的是懒得理你。

第二件事，是我考上大学后发生的。我是我们那儿附近的女孩儿里第一个考上不错的大学的（在我之后，就年年都有了）。那几天，我们家人来人往，大多是来打听我考了多少分，要去哪所学校的。我都是冷眼旁观，看他们当中谁是真心关心，谁是忌妒，无聊时就琢磨琢磨人性。

那天，她和素素阿姨是一起来的。

素素阿姨一进门就说："情情真是争气，以后去上海念书，就成大城市里的人了。"

那个邻居撇撇嘴对我妈说："你女儿到了上海，哪里还会记得你们啊？！要我说啊，女孩儿就不用让她念太多书，念多了心就野了，不如让她早早嫁人，以后有事也叫得应。"

我冷笑一声，没理她。有时候我也为她的情商和恶毒心好奇，有的人要挑拨离间，往往会挑当事人不在的时候，她却很喜欢当着对方的面挑拨。我唯一能想到的就是：可能她在其他时候挑拨，我都不在场吧！

我妈说："那她都已经考上大学了，我总不能不让她去念吧？"

她对我妈的态度很不满意："那你就当没有这个女儿吧！再说了，等她念完书都多少岁了？要是她再念个硕士，出来就是老姑娘了！"

素素阿姨忍不住说："现在的女孩儿结婚越来越晚了，已经不是我们那时候了，而且大城市里的人结婚更晚。"

还有一次我印象比较深的是我大学毕业后刚刚找好工作，回家时看见她在。她看到我非常兴奋，一脸八卦的神情："有男朋友了吧？什么时候带回来让大家看看哪？"

由于对她的印象太差，我没回答，也没理她。

她觉得受到了莫大的侮辱，对我妈说："你女儿这是什么态度啊？我跟她说话她都不理人的啊？她这样的性格有哪个婆家会喜欢她啊！小心她以后嫁不出去。"

我突然回头，笑得无比开心："我也担心没有婆家要我啊，可是只要看到你，我就信心百倍了——你都有人要，我还有什么可担心的呢？"

我妈自然是知道这些事的，但还是想让我答应帮忙，说："这事对你来说又不难。"

是啊！她要我帮的事对我来说确实不难，举手之劳而已，可是我心里不乐意啊！我不想为了不相干的人委屈自己。

年过三十以后，我似乎再也不想取悦任何人了，也不想去博什么虚无的好名声了。

我曾经写过一篇文章，是关于有一次出国的，一位熟人让我代购手表，但她既不说品牌，也不说预算，我就没有帮她买。

有几个读者提出：既然对方不知道要你代购什么价位的表，那你可以问问她，某某牌子的一千元左右的可以吗？如果对方说不喜欢的话，你再问她，两千元到五千元之间的可以吗？如果还是不行，就怎样怎样……

还有读者说：我很理解让你代购手表的人，有时候就是自己不想看，也不知道怎么选款式，就是让你看看，差不多买一块就行了。

的确，如果我愿意按照她们说的那样做的话，可能会得到"热情""周到""有修养"的评价。

但是，我不愿意内心忍着极度不耐烦的情绪，还要耐心地去努力跟一个我无法沟通的人沟通。那些好评的意义，完全比不上我的宝贵时间和愉悦心情。

三十岁以后，我内心逐渐强大，别人的评论已经不会轻易左右我的喜怒。

三十岁以后，我内心逐渐澄明，知道生活中什么东西最重要，什么次之，不会再为别人的好评而殚精竭虑地去迎合对方。

三十岁以后，我对世事渐渐洞明，知道什么事值得自己去做，什么事不值得自己去做，不会再事无巨细，累死自己。

三十岁以后，我已经学会取舍，不再追求人人都喜欢我的局面，凡事但求问心无愧。

三十岁以后，我觉得女人应该过这样的生活：

有一个知冷知热的爱人，没有背叛与欺骗，值得我们付出一世真情，否则，即便我们单身到底又何妨？起码我们不会感到心痛和煎熬。

有一份自己喜欢的事业，即使赚得不多，甚至很辛苦，也好过天天上班像上坟。不再勉强自己做不喜欢的事，否则会发现自己怨气丛生、面目模糊。

有几个至交好友，不用天天说个没完没了，不必时时聚在一起，但彼此心意相通，相处不累才是王道。不再勉强自己和三观不同的人打交道，否则活活郁闷死自己。

闺密的三年异地婚姻

几年前，闺密喜忧参半地过来找我，让我帮她参谋一下。

闺密的老公在一家大公司担任中层管理者，收入挺不错的，加上有投资眼光，在一线城市按揭购买了两套房子，身家倍涨。

但按揭买房后的每月还款以及孩子出生后的各种开支，让他们过日子必然要精打细算，所以他希望能在事业上再跨一级台阶，这样收入自然也就上去了。

现在公司有个机会，去开拓西北市场，需要有人在当地驻扎三年，三年后去的人就可以申请回总部，担任高层管理者。

公司老板已经找他谈过话了，觉得他很合适，又有经验又有激情，问他是否愿意去开拓市场。

他很想去，眼看就快四十岁了，能不能再升一升，就看能不能抓住这个机会了。但是家里有老婆和孩子，他也不能一个人擅自决定，于是回家和她商量，问她是否愿意他去。

从内心来说，闺密肯定也希望老公的事业更好，但想到两个人要异地相处三年，内心就纠结不已。他们从结婚到现在，从来没有两地分居过。

她有很多顾虑的问题：一是孩子还小，需要妈妈也需要爸爸，爸爸长期离开对孩子的成长不利；二是夫妻两地分居这么久，对感情也有影响。虽然他每个月都可以回来一次，但终究和两个人在一起的情况不一样。万一他在外面有了什么人，那她可真是人生一场空了。

她问我要不要让她老公去。

我急忙摆手："这种夫妻之间的选择，我一个外人不好插手，完全看你自己的选择。你可千万别听别人的，听从自己内心的想法就可以了。"

最终，她还是选择让老公去西北。她老公很感激她的成全，也担心她一个人照顾孩子太累，特地把岳母请回了家，想着母女俩在一起照顾孩子，她也不孤单。

然后，他带着对未来的憧憬和对老婆及孩子的不舍心情，飞向了西北。

刚分开时，两个人都不太习惯，每天电话、微信不断。她经常把宝宝的照片和视频发给他，他也经常抽空和她打电话，诉说着对家的不舍之情，相互打气只要挨过这三年，以后一家人永远不分开了。

大概两个月后，她老公在那边越来越忙，毕竟开拓新市场需要大量的时间和精力，有时候就顾不上发微信和打电话，甚至连吃饭都未必顾得上。

于是，两个人开始争吵，并且越吵越凶。

她问老公，是不是没那么在乎她和宝宝了，为什么电话和微信消息越来越少了？

她老公说现在是旺季，每天都很忙，市场刚刚有了起色，他有很多事情要做。

她又问他是不是喜欢上别人了？

她老公说："你发什么神经？我每天除了工作就是工作，身边就是一群大老爷们儿，我哪有心思想这些事？"

有一天夜里，她哭着打电话给我说："今天我给他打了好几个电话，都没有人接。"

我说："他可能有事，看到了未接来电就会回电话过来的。你不要多想，早点儿睡觉。"

但她哪里睡得着啊，和我抱怨他陪自己的时间越来越少。她说他上上个月本来要回家的，后来临时出差，现在他们一年都见不了几次面，见面也是吵架，每次都不欢而散。这样下去，她很怕婚姻不保，觉得自己当初让他去西北是不是做错了？

我说："其实男人不像女人这么感情化，这么愿意为家庭付出。你是可以以婚姻强留他的，但他留下后就真的会开心吗？他会觉得你阻碍了他的事业。如果未来他一直没有其他机会，年纪越来越大，对这次失去机会的事就会更加耿耿于怀，这会成为你们婚姻中的隐患。你当初最终选择让他去追求事业，不就是出于这个考虑吗？你怕留得住人，留不住心，既然选择了让他去，又何必老是和他吵架呢？"

她委屈地说："我忍不住啊，现在家里就我和我妈，有时候宝宝发烧了或者我想他了，就只能打电话，有时候想想，真的很难受。"

我说："那你反过来想一想，他现在刚去一年，剩下两年你会让他不去吗？如果不去，他会同意吗？你们前面一年不是白分开了吗？所以这是既定的事实，也是你们之前的选择，选好了你就去接受。"

那段时间，正是我创业如火如荼的时候。我深知一个人忙起来是什么样子，有时候吃饭、喝水的事都会忘记。谁要是在我忙得热火朝天的时候给我打电话，而且还没重要事情的话，我真的会孥毛。我记得那时候我的朋友圈的签名是：有事留言，不要给我打电话。

而我的手机，除了特别重要的几个人被我设置了来电提醒，其他人的来电都是静音模式。

所以，我反而比较理解她老公。人的时间和精力是有限的，当我们全情投入事业当中时，真的没有闲暇天天去照顾别人的感受，哪怕这个人是爱人。

所以我当时说的话也比较犀利："亲爱的，其实当你选择让他去追求事业时，你就应该做好这种打算了。任何一个想在事业上有所成就的男人都很忙，不可能身居高位还每天闲得要死。哪怕等他回到了总部，也不会空闲下来。到时候他职位更高，要管的事情更多。

"以前我也和你一样，天天嫌我家那位特别忙，没时间陪我，也抱怨吵架。他是怎么对我说的呢？他说：'你喜欢事业有成的男人，就要接受这个男人很忙，没时间天天陪你吃晚饭；如果你喜欢老公天天在家陪你，就要接受这个男人没什么事业。你总不能什么好事都自己全占。'

"我一点儿都没有生气，觉得他说得太对了，简直让我醍醐灌顶。我太贪心了，凭什么所有好事都让我占了呀？你说是不是呢？"

我不知道这些话是不是有用，那次以后，她很长一段时间没有找过我。偶尔空闲下来，我也有点儿担心，不知道是不是我把话说得太重了。她深夜找我倾诉，我应该好好安慰她，结果我犀利地教育了她一番。

大概一个多月后，她眉飞色舞地给我打电话，说她开了家服装店。正好她有亲戚是做这一行的，货源不用愁。

她说那天晚上我说的话让她想了很久。

她发现每个人都很忙，自己却很闲，尤其是孩子上了幼儿园之后，她的时间就更多了。她很怕自己变成一个无所事事的女人，加上自己对服装一直很有兴趣，就开了这么一家店。

　　我笑着打趣说:"不愧是我的闺密,悟性就是高,一点就通。"

　　如今三年已过,她老公早就被调回来了,升任事业部副总,她也有自己的一份事业,孩子在私立小学念书,一家人过得幸福无比。

　　我想,也许这就是有舍才有得吧!

恩人向我借钱买房，
我顿时陷入了两难境地

周末，外地的朋友 F 驱车从另一座城市过来找我相聚，是带着问题来的。

最近，有一件事令她非常为难，她不知道该如何抉择。

念高中的时候，F 的家里突然出了变故，她连学费都交不起，眼看就要失学了，一时心急如焚。这时候，F 有个初中同学，早早就辍学在外面打工，听说她的困境后，在自己并不富裕的情况下，拿出自己省吃俭用的五百块钱借给她。因为这五百块钱，F 得以继续上学。后来，F 考上了不错的大学。

F 说："亲爱的，现在看来五百块钱还不够我们买件衣服的，可是对当时的我而言，那真的是雪中送炭哪！而且那时候她因为没什么文化，工资很低，这五百块钱对她而言，也是很重要的。

所以我就跟自己说，如果以后我有能力了，一定要好好报答她的这份情谊。"

家里突遭变故后，F明白这辈子只能靠自己，所以很努力，一路打拼，现在在同龄人中收入也算很不错了。

有一次，那位姑娘的卡出了点儿问题，当时需要一万块钱，F想也没想地立刻转了过去。不久后，那位姑娘又因为买什么东西缺一万块钱，F知道后又立刻转了过去。

当然，没过多久，那位姑娘就将这些钱还了回来。F也挺高兴的，能回报曾经帮助过自己的人也算是一件美事。

但是，现在摆在F眼前的问题，让F不知道该如何选择了。

事情是这样的：当年F家里发生变故后，一家人一直是租房住的，她妈妈做梦都想有一套属于自己的房子。F一直知道妈妈的心愿，可是前几年，以她的收入和高房价，根本无法满足妈妈的心愿。直到最近这些年，她的工作有了很大的起色，收入也增加了不少，她才于两年前在老家那里替妈妈买了一套房子，一共一百多平方米，首付付了一半房款，还有一半选择了贷款偿还。

完成了妈妈的心愿后，她也想给自己弄一个窝，去年谈了男朋友后，买房子的念头就更加强烈了。这段时间她一直在看房子，只是还未决定在哪里买。

可是，就在此时，那位姑娘找她借钱，这次不是借一两万。那位姑娘因为如今已经三十多岁了，可是没恋爱、没结婚，也很希望能有一套属于自己的房子。本来那位姑娘想买一套单身公寓，可是最后看上了一套两室一厅的房子——预算超了一倍，她没那么多钱，首付款还缺一半。

于是，那位姑娘就找 F 借钱，是明说的："我恐怕短时间之内是还不上这钱的，但我实在太想要一套房子了。我学历低，收入一般，也没男朋友，一直都在漂泊，做梦也想有套自己的房子。不过我手上的钱不多，首付款还差一大截，认识的人当中，也只有你最有能力……"

F 说："她真的是很好的人，当年自己不富裕，还这样帮我，我也绝对相信她的人品，可是……现在我自己也打算买房子。如果她只是借一两万，我绝对什么话都没有，分分钟就把钱转给她，可是她现在要借首付款买房。说实话，真要借，我也是拿得出这些钱的，大不了我就不买自己的房了。可是亲爱的，我想跟你说，我漂泊多年，也很想要一套自己的房子呀！所以我很为难，你说这钱我是借还是不借呢？"

这种问题向来没有最佳答案，全凭自己取舍。

前几天，一位妹子跟我说，她很讨厌自己的婆婆，因为当初结婚时，婆婆做得很过分，该有的礼节和仪式全部从简，甚至连当地要给新媳妇的红包都没有包——妹子为此一直耿耿于怀。

后来妹子怀孕了，婆婆答应等孩子出生后就过来帮忙照料妹子坐月子，结果后面又推说自己身体不适，不过来了。妹子虽然不快，但安慰自己，婆婆身体不适才不能过来。可是之后其他亲戚过来探望她坐月子，无意中提起她婆婆，她才知道婆婆根本没有生病，只是不高兴她生的是女儿罢了。从那以后，她对婆婆怎么看怎么不顺眼。

前几天，婆婆突然生病了，需要人照料。大姑子刚刚生了二胎，无力照顾，就指望她这边了。她想起以前婆婆的作为，心里是一万个不情愿，但如果拒绝，估计亲戚的唾沫星子都能把她淹死，肯定纷纷指责她不孝。她不知道到底应该是答应去照顾婆婆还是拒绝。

生活中，最令我们为难的从来不是碰上奇葩的人。真要碰上这类人，虽然郁闷，但我们直接不理就是了。可如果是遇到那些曾经有恩于我们，而且为人也不错的人时，我们才真正为难。

若不拒绝，我们勉强自己去做内心抗拒的事，要多郁闷就有多郁闷；若拒绝了，其实也过不了自己心里这一关，会觉得自己太自私、不懂感恩，不用别人骂，我们就先把自己否定了无数次。

还有一种情况就是，也许对方令我们无比厌恶，甚至恨不得此生从来不认识，可现实是不管对方曾经如何伤害我们，我们都无法像对待其他人那样干脆地拒绝对方。因为这个人也许是我们的骨肉至亲，也许是我们无法撇清关系的人。即使我们真的能够拒绝对方，也要承受很大的世俗压力，比如嗜赌如命的亲人，比如对我们不好的婆婆。无论我们怎么选择，似乎都难以两全。

很多人纠结，正是因为始终想着要两全其美，既能够按照自己的心意行事，又能够什么都不失去。

但事实是在这些事情上，说白了，我们怎么选择都有自己的道理。在支持我们的人眼里，我们怎么做都是对的；在反对我们的人眼里，我们怎么做都是错的。我们根本无法做到面面俱到，如果强求，不过是为难自己罢了。

所以，我对 F 是这样说的："其实你无论选择帮她还是拒绝她，都没关系。你帮她是因为你一直念着她曾经对你的好，不帮也是因为自己有难处。我只想提醒你一点，如果你选择了帮她，不要帮得不情不愿，钱是借出去了，心里却万分抵触，这样不如不借。你一旦存了这种心理，你们的关系就算到头了。如果你选择拒绝借钱，就坦诚地跟她说明你的难处，至于她能否理解，那就无法预料了。可能你会从此失去这个朋友，也可能你们的感情会更亲近。"

对那位姑娘的问题，其实也是一样的。如果她决定去照顾婆婆，那就不要怨气冲天，否则又做又怨，不如不做，把自己累死也不落好；如果决定拒绝，也不要再想别人怎么看这个问题，因为无论她怎么做，总会有人对她不满意。

人生在世，很多人着眼于"得"，却不愿意"舍"，这是人之常情，但世事往往是你有了"舍"的勇气，才会有"得"的结果。

一个人若什么都想要，最后往往什么都会失去，就如一个人不能同时追两只兔子，否则一只兔子都追不上。当你明白了这个道理，其实就明白了遇事该如何选择。

你选择了遵从自己的内心，就不能要求人人都满意你；你选择了顾全大局，就别一直想着"我好委屈"。

世事无常，当你选择了遵从内心，也许有些人此刻会不理解你，但在未来会真心觉得你做得没错；当你选择了顾全大局，也许当下看来你真的吃亏了，但在未来的某一天，生活会把你失去的东西以另一种形式还回来，这都犹未可知。

但这两种美好的结局，都需要具有良好的心态，否则，你等不到那一天，就先把自己折腾死了。

当年薪水一千多，
我给自己请了个钟点工

　　我刚工作时，薪水只有一千多，每个月除去吃饭、学习、买点儿生活用品，钱基本就所剩无几了。

　　但尽管如此，我还是给自己请了个钟点工，把家务包给了她。

　　我当时的做法，很多人都不认同。他们认为我一个未婚小姑娘，又没多少家务，不就是整理一下自己的房间，洗洗自己的衣服，拖一下地啥的，自己顺手不就干了吗？连这点儿活儿都不愿干，这得懒到什么程度啊？

　　再说了，我也不是那种"白富美"，从小娇生惯养，什么活儿都不会干，就是矫情。

　　也经常有人半真半假地和我说我是全天下最懒的姑娘，谁娶我谁倒霉。

我也不管别人怎么看我，反正就是花钱找人干，空出来的时间就练习古筝，在灯下写作。

虽然一开始我并没有大红大紫，但也有了一些收入，经济状况得到了很大改善。

结婚后，我做的第一件事就是把先生的钟点工阿姨变成全职阿姨。那时候我妈很看不惯我，说："你们就两个人，你什么都不做，人家娶你干吗？"

我不服气地说："难道他娶我就是为了让我干家务吗？那他直接娶阿姨不是更好吗？阿姨干得还比我专业呢！"

我妈说不过我。但看见我家里就两个人，先生大多时间出差，阿姨除了洗洗衣服，打扫一下卫生，闲得不知道做什么好，我妈就会忍不住地唠叨，认为请阿姨太浪费钱了。

但我不这么想——家务事都交给阿姨后，我所有的时间都可以拿来做更有价值的事。

我可以看看书，听听音乐，研究各种行业风口，和朋友聚会……可以做的事太多了！

后来我做公众号没几天，就让朋友给我介绍一个可以帮我排版、推送的小伙伴。那时候我们一起做公众号的朋友都是自己写、自己排版、自己推送的。

大家说："你这平台还没眉目，就开始请人了呀，那不是纯贴钱在做吗？"

我说："排版设计这些既不是我擅长的事，又浪费我很多时间，我不如请个小伙伴帮我打理，好专心写作呀！"

可以说，我很早就养成了付费购买别人的时间的习惯。这一点，在我努力的过程中特别重要。它加快了我成长的速度，也让我做事变得更加专注。

有一次，我遇到一位宝妈。她说自己很想成长，但是实在没时间，早上起来就要照顾孩子，买菜做饭，打扫卫生，周而复始，难得有点儿时间，已经累得不行，实在提不起学习的劲了。

我说："你可以考虑请个钟点工阿姨。每个星期让阿姨到家里来收拾几次，这样你不就有时间了吗？"

她觉得我不懂普通人家的无奈："晚情，我们家就我老公赚钱，现在还有了孩子，家里经济本来就不宽裕，哪里有条件请阿姨啊？我老公也不会同意的。"

我说："请了阿姨后，你的时间就空出来了，你可以用这些时间学习赚钱啊！"

她还是不认同这点："我赚来钱后，再把钱付给阿姨？那我直接自己干不就可以了吗？还不用这么麻烦。"

人的观念是很难被改变的，我就不再劝她了。

我在公众号平台分享过我的时间管理和日常安排——那时候我还没有孩子。

一些宝妈给我留言说："你之所以每天可以做这么多事，是因为还没有孩子，家里又有阿姨。等你有了孩子就知道了，你根本什么都干不了，那时候就知道女人想做点儿事情有多么不容易了，现实条件摆在那里。"

后来，我有了孩子，但有孩子的那年，是我的事业飞速发展的巅峰时期。

我做了多少事情呢？

出了月子后，我立刻成立公司，招募团队，规划公司微信号矩阵，同时还做了四个公众号，其中珠宝板块除了原有的翡翠，还增加了珍珠、南红等近十来个品类；下半年我还成立了女性社群"晚情成长会"，推出了第一期课程。

此外，我还写新书，等等。但我并不是只顾自己创业，每天依然会陪灵宝。当然，我更多是陪她玩儿，而不是日常照顾她。

孩子的到来，一点儿也没有阻碍我的发展，甚至让我多了一个使命。我告诉自己，对孩子最好的教育就是成为最好的自己。以后我根本不用苦口婆心地对灵宝说："你要努力！你要上进！"因为她从小到大就是看着妈妈这样做的，知道自己应该怎么做。

事实上，这种做法确实很有效。现在灵宝五岁了，很自律，尤其是学习上非常主动。最初的时候，我一个兴趣班都没有给她报，想给她一个轻松的童年，结果她自己要求每个星期上三个。等上了小班后，她又要求增加到五个。很多人笑着说："这就是基因的强大吧！"

说实话，灵宝平时挺皮的，但只要见我在工作，就绝不打扰我，哪怕进书房也会主动说："妈妈，我不会出声的，就在边上看着你。"

或者她就自己在旁边画画，非常认真。耳濡目染的作用，真的非常大。

当然，这是后话，但我觉得教育就是以身作则。有些父母自己天天刷手机，却希望孩子拼命学习，自己不求上进，却希望孩子成为人中龙凤，这可能吗？

言归正传，很多宝妈看到我那一年的发展情况，说："你之所以不耽误事业，是因为家务有阿姨干，又不用自己带孩子，但我们没有你这种条件，得自己干家务，自己带孩子。如果你自己带孩子，还要做家务，还能做这些事吗？"

当然不能，我又没有三头六臂。

但是我觉得很多人搞错了这其中的顺序。

不少人以为我是那种家庭条件很好的天之骄女，所以生活条件优越。其实我出生于一个很穷的原生家庭，现在所拥有的一切财富，都是我一晚又一晚熬出来的。

刚毕业的时候，我知道我最大的使命就是继续学习，所以花钱去购买别人的时间。

刚结婚的时候，我知道我最大的安全感就是让自己变得更优秀，而不是将家务做得很好。

刚创业的时候，我知道我要把自己的核心能力发挥到最大，所以把其他事情交给别人做。

然后，我才一步步拥有了现在的自由。

而不是我先有了阿姨，有了团队，才有了现在比较自由的时间。

这些年，我有一个很大的变化，就是目标越来越明确，做事越来越专注，所以从来不会把时间浪费在猜测老公会不会背叛我、婆婆是不是不喜欢我上面，或者到处控诉生孩子对女人有多不公平，这些事情毫无意义。

最关键的是我让自己成长好了，根本就不会遇到上述问题。

请相信，当你的实力越来越强时，全世界都会对你温柔以待，你根本没有机会去烦恼这一切。

当南方儿媳遇到北方婆婆

我的闺密是个南方人，爱上了一个北方的小伙子，两个人是大学同学，特别相爱。第一次上男方家时，她就感受到了婆婆有强烈的重男轻女思想。

她很纠结，一方面很爱老公，一方面特别害怕这样的婆婆，但最终还是选择了结婚，毕竟以后她和老公打算在南方生活，和婆婆接触不多。

后来，他们第一次回婆家过年，老公很不好意思地给她打预防针："不管我妈说什么你都别介意，住几天我们就回来了。"

但吃第一顿年夜饭时还是刷新了她的认知，男人在外面喝酒聊天，女人就在厨房里忙活，完了还不能上桌，一人端个碗，扒拉几个菜就算吃年夜饭了。

老公想叫她一起过去吃，却被父母强烈阻止了，只能抱歉地看她一眼。她想着要是以后年年这样，难道一辈子都窝在厨房里吃年夜饭吗？

于是，她偷偷地给她妈妈打电话，把这边的情况说了。她妈妈马上说"我女儿不能受这种委屈"，马上就要订机票过来接她，让她回自己家过年。

公公婆婆慌了，刚上门的儿媳就这样走了，那丢脸可就丢大了。最后就变成她、婆婆、小姑子……人人上桌吃饭。

在婆家，女人不能上桌吃饭的传统从她这里被打破了。

一年后，婆婆开始催生，希望她生个大胖小子，但她早就和老公商量好，等过两年事业更稳定后再要孩子。而这两年里，她想彻底治好婆婆重男轻女的毛病。

她答应婆婆会尽快要孩子，但过了半年，就带着哭腔给婆婆打电话说两个人去体检了，老公能生孩子的可能性太小，医生说要做好思想准备。当然，她已经提前说服老公演戏了，老公也很配合。

之后的两年，婆婆到处给他们找偏方，但她的肚子就是没有动静。每次婆婆看她都是一种爱怜、内疚的目光。从此，公婆一家人对她要多好就有多好。

大概三年后，她和老公的事业发展得都非常不错了，她才让自己怀孕。婆婆得知她怀孕的消息，连连说谢天谢地。但她知道婆婆有重男轻女的思想，就逗婆婆说："妈，要不我找人看看，如果不是儿子，我们就不要了。"

婆婆大惊失色——这个孩子是儿媳好不容易才怀上的，哪里还能挑男女。婆婆连忙安抚她说："儿子女儿都一样好，现在都什么年代了？你就乖乖把孩子生下来。"

之后，她确实生了个女儿。

但婆婆知道这个孙女来之不易，特别疼爱孙女，比疼孙子更甚，觉得自己的儿子有这么个女儿实在不容易。

所以，她虽然生了女儿，但在婆家的待遇比生了儿子的妯娌还好。

她用自己的智慧既保住了爱情，也给自己和女儿赢得了地位。

我把她的故事做成视频分享给其他姐妹，希望大家遇到问题不是横冲直撞，而是用自己的智慧去解决。

结果推出视频之后，我就经常收到这种消息——

"这不是你闺密有智慧，而是她老公给力，要是换了我老公这种情况，根本没戏。首先，他绝对不会配合演戏，其次，他不会站在我这边。归根到底，还是她有一个好老公，否则再有智慧也没用。"

我哑然失笑，说："怎么会没用呢？一个女人为什么会有好老公？就是因为她有选人的智慧呀！有智慧的女人根本不会选一个很差劲的男人当老公。"

对方非常不认同，说："难道那些找了妈宝男、愚孝男的女人都是因为没智慧吗？那没智慧的女人也太多了！女人能不能找到好老公，和有没有智慧没什么关系，要看有没有运气。运气好，她自然能遇到好老公；运气不好，再有智慧也找不到好老公。"

后来，我就不和她们辩论了。当一个女人坚持认为自己遭遇的一切事情都是别人的错，自己是完全无辜的时，你说什么都没用，她甚至会恼羞成怒。

女人有智慧不一定会遇到好老公，但绝对不会和自己过不去，去嫁一个会让自己的生活过得一地鸡毛的男人。

我在现实生活中有一个阿姨，结婚三十多年了，抱怨老公、抱怨命运也抱怨了三十多年。

她老公是一个志大才疏的人，结婚后就开始做生意，但根本就不是做生意的料，一不精明，二不刻苦，还没赚到钱，排场倒是摆得很足。

所以他没有赚到钱，倒是欠了别人十几万元。那时候的十几万元比现在值钱，起码可以买一套房子。

别人劝他还是找份工作吧。他觉得自己受到了莫大的侮辱，自己是天生做大老板的人，怎么可以去给别人打工呢？！于是，他到处借钱继续做生意。

后来，他借不到钱了，日子也过不下去了，家里的两个孩子念书都成了问题。他的父母和姐妹看不下去了，毕竟有骨肉亲情，也不能看着他落魄潦倒。所以父母拿出了棺材本，姐妹每家给他凑了几万元，帮他把债还清了。

　　但没过多久，他又吵着要去做生意赚大钱。原来，因为他之前欠的钱已经被还清了，别人又借钱给他了。

　　当然，生意还是没有做成，他陆陆续续亏了个干净。幸亏他其中一个妹妹那几年运势很好，赚了不少钱，又替他还清了欠款。

　　这时候，他年纪大了，周围的人也彻底看清了他的能力，知道他这辈子都不可能赚大钱。

　　他不断失败，终于断了做生意的念头。但他不肯出去赚钱，觉得太掉价了，于是就靠几个姐妹接济过日子。

　　他老婆，也就是那个阿姨每天骂他没本事，自己瞎了眼，这辈子都毁在他手里了。

　　那么，她自己在干吗呢？她每天打麻将，一天三场，场场不落，从不出去赚钱，把两个孩子直接扔给了公婆。

　　一开始她老公刚要出去做生意时，她是非常支持的，甚至时不时地流露出一种优越感：你们的老公都在打工，我老公可是做生意的，以后我就是老板娘了。

　　然而理想很美满，现实很骨感，她的老板娘梦一破再破。

　　有人给她建议："很多人做生意是夫妻一起干的，男主外，女主内。你老公老亏钱，你要不和他一起去？夫妻两个人有商有量地做事，日子才会越过越红火。"

　　她撇了撇嘴巴说："我去干吗？我家里还有两个孩子要照顾呢！"

其实她是根本不愿意出去吃苦，在家打麻将多开心哪！

老公欠一身债，她也不着急，反正公婆和姑子们会管的。

手头没钱了，她也找人借。实在缺钱了，她就开始用最恶毒的话语骂老公，骂公婆没把儿子教好，害苦了她。

我挺看不上她老公好高骛远的性子，但更看不上她把一切失败都怪到老公和公婆身上，咬牙切齿地骂他们。

当时我十几岁，年轻气盛，血气方刚，直接怼她说："他做生意一直亏钱，你在干什么呢？你每天都在打麻将，打得昏天黑地。你自己也可以去赚钱哪！能干的女人多了去了！他做生意亏了你就骂天骂地，那你之前为什么要支持他呢？你还不是希望他赚大钱，你好跟着享福。而且你这么看不上他也可以离婚，为什么不离呢？其实你们就是半斤八两，乌龟对王八，谁也怪不了谁。"

她差点儿被我气到中风。如果不是别人拦着，我估计她直接打我了。

那一次，我被我妈追了两条街。我妈叫我以后绝对不准再"胡说八道"。

我倒真收敛了不少，不是怕大人打我，而是觉得和这些人争论没意思。不管我怎么说，她们都坚持认为自己的悲剧是别人造成的，而不知道自己才是悲剧的源头。

在结婚时，因为受自己的见识和格局所限，她们根本发现不了好男人，又因为自己的条件，有好男人也无法匹配，最终只能找一个和自己层次差不多的男人，把一切希望寄托在男人身上。

但她们忘记了一点，双方既然可以结为夫妻，说明两个人是差不多的，那么，女人做不到的事情，男人基本也做不到——女人再怎么责怪他为什么不符合自己的心意也没有用。

女人怪男人为什么不能让自己称心如意，男人也会怪女人为什么不贤惠旺夫，害他一事无成。

最终，怨偶就是这么产生的。

而有智慧的女人遇到问题，一般是先反省自身。最扎心的是，智慧本身就是替女人保驾护航、规避各种问题的，更多的时候，有智慧的女人根本遇不到这些问题。

四十岁晚婚晚育后，
这才是我最烦恼的事

前段时间我一直在断断续续地生病，持续了两三个月，康复后在朋友圈发了一条身体基本已好的信息。

有位朋友立刻发来了邀约。

闷在家里好多天了，我也挺愿意出门透透气的。

朋友约在一家新开的饭店吃饭，刚坐下就说："晚情，今天邀请你呢，是有点儿事情想请教你。"

我哈哈大笑："别开玩笑了，你年纪比我大，阅历比我广，事业更是比我好了无数倍，我请教你还差不多。"

朋友认真地说："但是你看人有独到之处。我们认识快二十年了，我这里的情况，你比较清楚，所以我想听听你的看法。"

见朋友是认真的，我也不再和他打趣，专心地听他说。

朋友当年一心创业，无暇顾及自己的终身大事，直到快四十岁才结婚生子。现在他五十多岁，孩子却才十岁出头。中国人都讲究传承，自己的企业肯定是要传给儿子的，但儿子太小，不可能十岁就继承企业。

按照他们父子的年龄差，他差不多要到七十岁才能将企业移交给儿子。

但朋友年纪越来越大，不可能像年轻时那样事事亲力亲为，就很想提拔一位 CEO 替自己分担肩上的担子，也为儿子储备人才。

他想过好几种方式，一种是从外面请一个 CEO，空降过来。

但公司里很多元老跟随他二十年了，估计对空降的 CEO 不会那么服气，到时候肯定会有一个动荡的过程。

这是他不愿意看到的场面。另外，外请的 CEO 估计没那么了解公司，对业务也会有一定的影响。

他想来想去，觉得从内部提拔人才也不失为一个办法，但提谁是个大问题呀！他一个不慎，比外请 CEO 的结果影响还大。

目前他自己身兼 CEO 和董事长两个职位，刚表露这个意思，大家已经闻风而动了。

虽然公司现在表面风平浪静，但其实内里暗潮汹涌，大家都盯着到底谁会上来。

目前他看好的三个人，都是平级。

一个是最早跟着朋友一起创业的元老，叫他 A 吧。

A 认为自己升任 CEO 是当仁不让的，毕竟谁的资历都没他的老，甚至已经隐隐摆出了志在必得的样子。

一个是朋友后来结识，邀请对方过来和自己一起干的人，也有十年时间了。这个人对朋友的事业贡献挺大的，但跟随朋友的时间没有 A 长，就叫他 B 吧。

还有一个 C 也是元老级别的人物了，忠心耿耿，但能力确实挺一般的。

这三个人各有千秋，朋友选谁都各有利弊。

为此，朋友已经考虑了好几个月，还没有做出最终决定。

但有些事也不好一直拖着，总得有个结果，所以他想听听我们这些很熟悉他的公司的人的看法。

可这种事其他人真的很难给建议，万一给不好，耽误了人家的公司运转就不好了。

可人家诚心诚意地请我说说看法，我打太极的话也不够朋友。

我想了想说："我不能给你什么建议，也不能帮你选择，但是可以帮你分析。

"A 是个狠人，而且对 CEO 的岗位几乎志在必得。假如你选他的话，在两三年之内，我相信你的公司的业绩一定会蒸蒸日上。

"现在这种大环境，过了今年，也不知道明年会怎么样，如果你想在短时间内实现高增长和高利润的目标，可以选 A。

"但 A 身上最大的一个问题，就是格局不大，对权力欲望太重——他会打压有才能的人。

"几年之后，你的公司里可能就只剩下一些唯唯诺诺、能力一般的人了，你以前的那些合作伙伴估计也会所剩无几。

"A 为了自己能在短时间内出业绩，让所有人看到自己的能力，会压榨那些合作伙伴的利润，这是肯定的。

"如果是我的话，我大概率会选 B。但 A 是绝对不可能接受这个结果的，肯定不会服 B，这对整个组织架构都不是好事。

"这种情况对我而言不是问题——我的性格比较硬，我会去进行沟通。

"如果沟通无效，我要么选择强压，要么选择取舍。但你和我的性格完全不同，你比较柔和——到时候夹在 A 和 B 中间，也够你头痛的。

"以我对你的了解，你是肯定不会舍弃 A 的，但这样的话，到时候 B 很难开展工作，内耗太大。

"选 C 的话，典型的'鹬蚌相争，渔翁得利'。但 C 根本压不住 A 和 B。不过他很忠心，你能比较放心。

"可如果他天天向你请示的话，你不是多了一个 CEO，只是多了一个高级助理而已。你想要这个结果吗？

"所以，一切都回到了原点。其实每种选择都有利弊，从来没有十全十美的选择，就看你如何取舍了。"

回去的路上，先生和我聊天，问朋友最后会选择谁。

　　我说短时间内，他谁都不会选，会一直等到必须选择的那天。到了他这份儿上，事业能不能做得更大，已经不是能力上的问题，而是性格和格局上的问题了。其实对他而言，最好的选择就是让 B 上来，自己负责把 A 压住，帮 B 树立威信。可是两年过去了，他还是没有做出这个决定，这是他的性格决定的。

　　我希望他回去后能够想明白。

　　人天性喜欢逃避选择。因为选择就意味着舍弃，意味着直面冲突，所以人会本能地抗拒做决定。

　　很多人明白这个道理，但真正遇到事情的时候，未必能够克服这点，包括我自己也是一样的。

　　我的牙齿一直不太好，有先天的原因，更有后天的原因。我特别抗拒去看牙科。那个钻子的声音一响，我就本能地恐惧，觉得钻子像钻在我的骨头里一样，锥心刺骨的感觉。

　　偏偏我的牙齿老是出问题，但刚出问题的时候，我肯定不会立刻去看，只要不是很严重或者疼得很厉害，就会拖。

　　经常到疼得受不了，拖不下去了，我才会鼓起勇气去医院。

　　前几年我认识了一位脾气和医术都特别好的医生。他一边给我看牙，一边叹息："你真应该早一点儿来呀，如果早一点儿来，我只要稍微帮你修补一下就可以了，而且你根本不会疼，但现在好几颗牙齿都要做深度治疗。"

　　最后，他给我打了好几针麻药。虽然弄牙齿时不疼了，但打麻药时我还是吃了点儿苦头。

也是从那一次开始，我狠狠告诫自己，以后不管遇到任何问题，必须在初始那一刻就去解决问题，绝对不能拖，也不能等。

这些年，我遇到的问题越来越少，哪怕遇到也能够很快解决。

两相对比后，我由衷地发现，"解决问题要趁早"绝对是一句至理名言。

最早的时候去解决问题，我们付出的代价一定是最小的。

我在创业道路中的两大遗憾

我在整个奋斗过程中，有两大遗憾。

一是十几年前我在天涯连载小说时，小说被六大板块同时推荐，一周点击数过百万，成为当年天涯最火的小说之一，很多出版社纷纷找我签约。

但我那时候太年轻，没有明确的事业规划，更没有好好地抓住这个机会再接再厉，白白错过了机会。

虽然书出版了，但完全没有发挥作用。如果我当年有现在这样的认知，必然会紧紧抓住这个机会，那我的事业成功的时间起码要提前好几年。

有时候想到这事，我也会扼腕叹息，当年可真是傻呀！

第二个遗憾是 2013 年就有朋友邀请我做公众号，但那时候我认知闭塞，对互联网的了解不够，并没有当回事。

当我意识到公众号的威力时，已经到了 2015 年下半年，在很多人眼里，这已经是公众号的下半场了，黄金时期已过。

幸亏我刚做一个月，我的公众号就火了，也算是遗憾中的幸事。

经常有人和我聊起公众号，说我做晚了，要是更早一些做，再布局公众号矩阵的话，我的成就远在今天之上。

我每次都笑着说"一切都是最好的安排"，其实心里遗憾得很。只不过时间无法倒流，我也只能接受现实。

这些年来，我一年比一年努力，就是因为这两件事给了我教训。我不希望下一次机会再来时，我因为认知不够、条件不成熟而再错过。

我想起一位粉丝的故事。

她原本在公司上班，一干就是五年，觉得一直给别人打工没有未来，所以一直对创业蠢蠢欲动。她身边的人对她的想法也很清楚。

有一次，她和几个闺密聚会，大家觉得年轻人应该有一番自己的事业。她们很看好美容行业，觉得女人和"小孩儿"的钱最好赚，应该朝着这两个方向发展。其中一个闺密正好有这方面的经验。

四个人越说越来劲，决定盘一家店，大家共同出资去干。

很快她们就看好了一个店面，打算租下来开干。几个人又聚了几次，差不多谈到出资数额的环节了。

原本她也是积极性很高的一个人，但几次聊下来后，又去向别人咨询。有人说："美容行业虽然是女人的刚需，但现在竞争很激烈，到处都是这种店，不容易开啊！"

也有人说："你要开店最好一个人开，宁可开小一点儿，股东多了到最后一定会弄得一地鸡毛，亏钱不说，朋友都没的做。"

她父母也说："这些年实体经济越来越差，你就好好在公司上班吧，起码工作安稳。等以后形势好了，你再干也来得及。"

因为这么多人反对，她心里就发虚了，和闺密们说自己最近手头紧，拿不出钱来。闺密说没关系，可以先给她垫资。她说算了，不喜欢欠钱。

于是，她退出了，剩下的三个闺密开始合作开店。

虽然她退出了，但一直关心着她们的进展。这三个小女人起早贪黑，拼命琢磨，竟很快就把店开起来了，生意很是不错。

她有些羡慕。一开始加入自然可以，但现在人家已经开始赚钱了，她再说加入，先不说自己拉不下脸来这么做，她们也未必会答应。

她安慰自己，合伙开店一开始都是好的，等时间长了矛盾就出来了，自己不参加是对的。

但令她没想到的是这三个人很快就开了第二家门店，生意照样很不错。她们三个分工有序，有经验的那位姑娘钻研技术，性格开朗的姑娘负责拓展客源，还有一个姑娘负责整体规划，竟配合得天衣无缝。

她们也清楚合伙制的问题，很早就把话摊到台面上说了，反倒避免了很多矛盾。

三年后，她们每个人手头都有了不少钱。三个人一合计，打算继续合资在当地开一家有规模、有档次的皮肤管理中心。

新的管理中心装修完毕试营业时，闺密们邀请了她去体验。走进管理中心的那一刻，她看到时尚艺术的装修风格、穿着一致的技师，听见缓缓流淌的音乐，心里顿时有种说不出来的滋味，酸酸的，还有一种叫后悔的情绪。

这几年来，几个闺密都换了新车，还在市区买了大平层，穿衣打扮越来越精致，每个人都俨然一副成功女性的模样。而她自己，还在公司里为了点儿考核忙得焦头烂额，每年涨薪幅度从来没有超过 10%，甚至有两年工资根本没涨过。短短几年时间，她与她们的距离已经越来越远。

谁都没有提过当年她临时退出的事，但谁都看得出她后悔了。随着闺密们越来越成功，她的心态越来越失衡，每天她都活在懊悔情绪中。

如果当年她果断地加入了她们，如今自己的生活也会像她们那样，被鲜花和掌声包围着，被家人当作榜样教育其他同辈，会对未来充满了想象，而不是像现在这样，年纪越来越大，工作一潭死水，甚至不知道什么时候会被年轻人替代。

有时候她甚至发疯一样忌妒闺密：为什么她们运气这么好？为什么当初她们不再多邀请自己一下？

得知她的故事后，我说："你有没有想过，我们每个人这辈子是不是只有一次成功的机会？我们失去了一次机会，这辈子就无望了吗？肯定不是呀，你想想这些年来有多少机会呀！互联网兴起，成全了多少人的梦想？有的人开店都开得上市了！公众号兴起，又成就了多少人？！当然，你可能会说你没有写作的才华，做不了这些事，没关系。短视频火热起来，又造就了多少神话？！那么多普通人都在崭露头角，你干吗要盯着已经失去的机会呢？你再盯着，它也不会回来。你还不如留意身边的其他机会，留意未来随时会出现的机会。

"我们每天都在弯道超车，也在被别人弯道超车。我当年辞职时，比我早辞职的人已经做得很好了，但我一年后就超越了他们。也有比我晚的人，短时间内就超越了我。不管谁超了谁，总之我们都比原来的自己好太多了。

"人生的奋斗时间起码有几十年，谁也不知道自己的未来是怎样的，就是因为未知，才更充满了吸引力。但如果你一直纠结过去已失去的东西，那就会连未来的机会都一起失去。

"如果你觉得人生的上半场已经落后了，那就要在下半场更加努力，才能追上落后的进度。不然的话，你这辈子都站在原地，连一步都没迈出去，凭什么和别人比高低？"

一年后，她和我说这次她没有听任何人的意见，而是专注自己内心的声音，已经迈出第一步，找到了自己的赛道。

我说："祝福你！"

想明白了这一点，
我变得无比自律

有位读者看了我那本《越自律，越自由》后，辗转找到了我，说："晚情姐，我看了你的这本书，很受鼓舞，但我这人就是三分钟热度，做什么事都坚持不下来。我把你这六年来的文章看了一遍，发现你真的是个好自律的人哪！我特别想问你一下，你到底是怎么做到这点的呢？按理说你是自己创业，有没有完成工作、工作得怎么样，没人会要求你，而我就算有人监督我，也未必能完成。你能和我分享一下方法吗？"

我问她："你对现在的生活满意吗？"

这个问题打开了她的话匣子，她说："我要是对现在的生活很满意，就不会找你要方法了。就是因为现在不管是工作还是人生大事，我都陷入了僵局之中，所以特别焦虑。"

　　读者今年二十八岁，家境一般，父母都是上班族，有一点儿积蓄，打算以后留给她做嫁妆。她自己在公司做行政工作，已经做了五年，收入基本没有变动过。她不怪公司不给她机会。事实上，她对自己的工作状态也不满意。领导交代的工作，她不到最后阶段就是提不起劲去做。如果是可做可不做的工作，她就会自我安慰不做也没关系。领导提醒过她几次，要有年轻人的朝气和激情。但每次她想好好努力的时候就老是分心，不是上网购物，就是看小说，等意识到时间不早时，一天就这样过去了。

　　刚毕业的时候，她知道这样不好，但那时候年轻，没太大的危机感。可是现在过完年她就二十九岁了，真的开始为未来担忧了。她很想改变现状，可是这几年来的积习实在太顽固了。

　　自从我创业后，就不断有人问我这个问题，包括我先生。他经常看到我凌晨一点还在写文章，早上五点已经开始工作了，于是开玩笑地说我的身体构造可能异于常人。

　　我到底是怎么做到的呢？

　　其实真的没什么秘诀，真要说有，也许是我很早之前就想明白了很多事。

　　我没有很好的家世背景。鉴于我的原生家庭，如果我自己还不努力的话，未来只能做基础且收入较少的工作，然后要家世没家世，要好工作没好工作，最终只能和同一层次的男人结婚。

　　婚后，我就会陷入"贫贱夫妻百事哀"以及一地鸡毛的生活当中，然后积累大量怨气，变得怨天尤人、脾气暴戾、性格扭曲。

　　我一想到以后的人生会是这副鬼样子，就觉得不寒而栗。所以我告诉自己，绝对不能让自己陷入这种生活之中，我必须冲破原先的生活。

　　对一个没有家世、没有资本的人而言，我没有别的路可以走，唯有努力这一条途径。

　　所以，我最初的目标就是考上一所好大学——这将是我毕业后唯一拿得出手并且可以在社会上竞争的东西。

　　我特别不理解那些家庭很差还不好好努力，整天怪原生家庭的人。原生家庭差确实是事实，但我能改变自己的出身吗？不能，那我怪来怪去有用吗？如果怪老天有用的话，我可以怪到地老天荒。

　　我从来不做无用功，更不浪费无用的情绪。我只改变自己能改变的一切事情，改变不了就接受，我的性格属于十分干脆利落那种。

　　当一个人愿意为一个目标努力时，有很大概率会得偿所愿。我到现在依然最喜欢"努力"二字。一个人在感情上努力，未必能收获白头到老的爱情，但在自身上努力，多多少少会有回报。

　　我一直觉得学历对女孩儿而言非常重要，不管是在找工作时，还是在未来择偶时，都是相当重要的，"读书无用论"纯属大放厥词。

女孩儿有了好学历，相对就比较容易找一份好工作。

我曾经认识一位姑娘，她因为学历很低，在一家很小的作坊里工作，收入很低。那时候她二十岁不到，每天抱怨工作辛苦，收入很少。

我说："你还年轻，完全可以好好提升自己，找更好的工作呀！"

她叹了一口气说："没用的，要找好工作都得有关系，自己家又没什么关系，怎么可能进得去好的公司？"

我说："我家也没什么关系呀！我自己面试进去的。你这么年轻，总不能一辈子就干这工作吧？"

她说："以后找个有钱点儿的老公，估计就好了吧！"

后来，她并没有找到有钱的老公——她和老公天天吵架。再后来，我就不知道她的消息了。

那时候我就发现：越是自己不肯努力的人，越喜欢抱怨原生家庭；越是过得差的人，越觉得努力无用。

其实在上学以及上班的那些年里，我并不认为自己有多努力、多自律，最多算是一个挺喜欢学习的人。

我真正全力以赴、拉满状态是从我辞职后开始的。那时候我二十多岁，对人生和未来有了更清晰的规划和追求，知道我这辈子如果想实现自己的理想，必须比别人努力十倍以上才行。所以，我开始为自己的未来努力。

其实我只是一个普通人，自然会有懈怠或者颓废的时候，甚至不知道自己的努力最终会不会有所回报，但这时我的内心马上会出现另外一个声音：努力未必会成功，但你不努力的话，连一点儿成功的机会都没有。你想过那种悲剧的人生吗？

然后，我就会倏然清醒，立马去干活儿了。说出来不怕大家笑话，有一段时间我经常做一个梦，梦见自己一事无成，被很多人耻笑。

当梦醒后，我就再也睡不着了，很多精彩的文章或者经典的想法，其实就是在这些时候产生的。

伴随着橘黄的灯光，外面漆黑一片，四周静谧无声，然后我敲击着键盘，等待黎明到来。

我算是很幸运的，一创业就取得了不俗的成绩，很快就享受到了努力带给我的惊喜心情。

在物质上，我可以给自己更好的生活，也可以更好地回报我的亲人；在精神上，我可以结交更多厉害的人，升级自己的圈子。

到如今，我已经不需要再和自己做任何斗争，自律几乎是刻在我的骨子里的东西了。我甚至在想，万一有一天我退休了，不习惯怎么办？

从我们出生那天开始，老天就给了我们两种选择：一种需要我们付出很大努力，过程会十分辛苦，可是日子会越来越好，人生会越来越丰富；还有一种是随波逐流，过程很轻松，但越到后面越吃力，选择越来越少，人生一片贫瘠。

　　而我，逼着自己选了前者，放弃了玩乐和轻松的时间，最终拥有了我想要的生活。

婆婆，
谢谢你没有帮我带娃

以前我上班时，有几个玩儿得特别好的同事，大家年龄相仿、志趣相投，每个星期都要聚好几次会。往往在离下班还有一个小时的时候，就会有人在内部 MSN（一种即时通讯软件）里发起邀约："晚上去哪里吃饭啊？"

那时大家都不富裕，就采取轮流做东的方式，选择在路边摊吃一些小吃，如烧烤等。

随着大家结婚的结婚、离职的离职，我们聚会的频率大大降低。起初我们约好，不管怎样一个月必须聚一次，一开始大家都很期盼这一个月一次的聚会。

后来创业的创业、升职的升职，基本不能实现一个月进行一次聚会，我们又改成了一个季度聚一次。

等大家纷纷有了孩子，聚会彻底变成了一年一次。在有疫情这几年，连一年一次都不能保证了，因为有的人需要从外地回来，所以我们就特别珍惜这种相聚的机会。

去年我们约好无论如何都要聚成，而且必须彻夜畅聊。头一天晚上，M 突然发消息给我说："亲爱的，明天的中饭我赶不上了，我可能要吃晚饭前才能到，你们先聊，实在不好意思。"

我忍着内心的失望情绪，表示了理解。

果然，第二天傍晚 M 才着急忙慌地赶到，但我们都表示了热烈欢迎，谁也没问她为什么来晚了。

M 却有强烈的倾诉欲，说原本很早就把孩子安顿好了，打算一大早就赶过来的，但帮她看孩子的人临时出了点儿意外，不能帮她带娃了，她得等到外地的妈妈赶过来帮她带孩子才能出发。

我们纷纷敬她，说这次相聚真的太不容易。她将酒一饮而尽，又给自己倒上了，一不小心就喝多了，醉意蒙眬地说："我真羡慕那些有婆婆带孩子的人。我从孩子出生起就一直是自己带，哪怕自己生病发烧都没人搭把手，你们是不知道其中的艰辛。其实这次我也打电话给我婆婆了，想让她过来帮我带一下孩子，她却说她很早就和人约好了——我要聚会，她也有自己的社交。虽然知道婆婆没有帮我带娃的义务，但偶尔找她帮一下忙她都不帮，我真的挺难过的。"

我们纷纷安慰她："反正你的孩子现在已经上学了，这种情况是偶尔出现的，你已经熬出来了。"

L 没有安慰她，说："唉，你不知道我有多羡慕你，没有婆婆帮你带孩子，就意味着没有婆媳问题，你完全可以按照自己的方式带孩子，也没有教育观念冲突。虽然是苦一点儿，但是你多自由啊，而且一家三口感情更深。"

M 一想也是："这倒没错，因为没有婆婆帮我带孩子，我老公觉得人家的婆婆都会来搭把手，他妈却完全不管，有点儿内疚，所以平时在家的时候也会和我一起分担这些事。他说我们不要指望任何人，靠自己，孩子总会长大的。"

于是，M 一反刚才伤心的样子，开始享受难得的聚会时光。

L 却开始释放这几年的倾诉欲。

五年前她生了一个儿子，婆婆很高兴，自告奋勇地要求过来帮她带孩子。原本 L 是打算请保姆的，但那时候正好发生了杭州保姆纵火案——她怎么看怎么觉得把孩子交给保姆不放心，觉得婆婆毕竟是孩子的亲奶奶，肯定会疼孩子的。于是，婆婆正式进驻她家，开启了带孙生活。

一开始大家都拘谨着，相互很客气，但凡有点儿什么事都会问对方的意见。几个月后，生疏感没有了，一家人正式开始了三代人同住的生活。

婆婆很勤快，不但负责照顾孩子，还把家里洗衣、做饭等活儿都包揽了。她怕婆婆太累，想请一个不住家的保姆料理一下家务，减轻婆婆的负担。婆婆立刻拒绝了，说："我才五十多岁，身体硬朗着呢，用不着请保姆。我以前一个人照顾三个孩子，还要操持家里家外的事，也应付得过来。现在才一个孩子，衣服有洗衣机洗，做饭有电饭煲，比以前轻松多了。"

L见婆婆执意不愿意请保姆，便不好再坚持。

一段时间后，她发现老公越来越懒。以前夫妻俩下班，一个买菜，一个做饭，饭后一个洗碗，一个拖地，但自从婆婆来了之后，老公就变成了"妈宝"，饭来张口，衣来伸手，而且她使唤不动。每天下班回来老公就捧着手机玩儿，理由是"忙了一天，想放松放松"。

婆婆也经常护着自己的儿子，说："他上班辛苦了，有什么需要做的事，叫妈就可以了。"但老公对亲妈可以不讲究，她做儿媳的不能把所有活儿都给婆婆。于是，她每天下班回来就做家务，尽量减轻婆婆的负担。最后，家里所有的活儿都落在了两个女人身上。

就这样，一晃两年过去，孩子渐渐长大了。小时候只需要喂喂奶粉，换换尿不湿，她和婆婆在育儿上并没有太多冲突，但随着孩子长大，她们在育儿上的矛盾越来越凸显。

婆婆有时候喜欢说粗话，并且毫不避讳孩子。两三岁的孩子正是好奇心和模仿能力强的时候，一听就会，张嘴就来。她第一次听到孩子说粗话的时候，简直惊呆了。婆婆作势去打孩子，叫他不准说脏话。

她内心想：你打他有什么用？他还不是和你学的，你不说他怎么可能知道这些？

但这些话她只能憋在肚子里。

她私下和老公说这个问题,老公说:"我也知道这样不好,但我妈说了一辈子,哪有那么容易改?"

还有两三岁的孩子正是淘气的时候,婆婆为了让他听话,经常恐吓他,比如说:"你不听话,我们就把你卖掉,你爸爸妈妈就不要你了。"

L特别反感这些话,因为这些话会导致孩子心里极度缺乏安全感。L对婆婆提出来,婆婆却不以为然,说:"你老公的小时候,我就是这么把他带大的,也没见他有什么后遗症,不是好好的吗?"

孩子身上还有一些坏习惯,L说都说不完。

末了,L苦笑着对M说:"现在知道我为什么羡慕你了吗?你看你自己把孩子带得多好,这几年苦是苦了点儿,但以后省事呀!我真的特别后悔答应婆婆来带孩子!如果一切可以重来,我宁可自己全职在家带孩子!"

想必这就是很多姐妹的现状。我也有孩子,知道独自带孩子有多崩溃,全年无休,尤其是孩子生病或者哭闹的时候,看到那些有婆婆或者妈妈帮忙的人,内心会无比羡慕。很多人怨恨婆婆不帮忙带孩子,大抵也是因为这些时刻。

但那些家里有人帮忙带孩子的人,就真的很幸福吗?很多人觉得不自由,孩子的生活习惯不好,婆媳矛盾不断,等等,还不如自己苦一点儿自己带呢!

就像结婚的人羡慕没结婚的人，没结婚的人却总想去体验一下婚姻生活。

其实，这就是人生的一个得失问题。你选择了自己带孩子，身体一定是辛苦的，但亲子关系会更亲密，对孩子的养育也更有话语权；你选择了老人帮你带孩子，身体一定会轻松很多，但精神往往不自由。

所以，人生在世，很多事情很难十全十美，全取决于你的取舍。身体和精神，总要辛苦一样。你选择了身体轻松，就要接受精神不自由的结果；你选择了精神自由，就要接受身体辛苦的结果。当你想明白了这一点，也就会接受现状或者大刀阔斧地去改变生活了。

我是如何在八个月内
做到千万销售额的

有一次，我决定和粉丝分享我刚创业时是如何在八个月时间内，从零突破到实现千万销售额的经验。

我刚把主题宣传出去，就收到了无数留言。大家说一定要定好闹钟听我的分享，还有很多粉丝问我是不是销售天才，口才特别好那种。

其实别说销售天才了，我连正儿八经的销售知识都没有学过，甚至还是个懒得销售的人。

所以我一开始决定创业时，身边的人纷纷反对。他们怎么也无法把喜爱文字、长年看书及写作的我和创业联系在一起，觉得文人都有一股清高劲，根本不是创业的料，而且我性格爱憎分明，哪里能和形形色色的人打交道？

但最后我做得风生水起，成了我们圈子里创业的典范。我觉得这和我一直秉持的理念有关。

我刚开始创业时，选择了珠宝行业，创立了"云意轩珠宝"。一来我从小就酷爱这些玉石珠宝，有一定的鉴赏能力、审美眼光以及专业知识；二来需要写宣传文字时和我写作的爱好也比较搭。

一开始我去选货时确实挺难的，几乎每天都要与人斗智斗勇，既要防备供货商诈我，还要睁大眼睛看清楚珠宝品质。

好在我生性谨慎，倒也没有吃过什么亏。一段时间后，这个局面很快就改变了，我手里积累了一些靠谱儿的供货商资源。

我是怎么做的呢？我最大的特长就是精通人性、懂得看人，一般和对方聊几句也就知道这人靠不靠谱了。对靠谱的人，我会选择和他长期合作，也不会往死里压价，必定会给他留下利润空间，绝对不会因为对方老实或者生意差就故意拿捏他。

老实靠谱的人一般比较有良心，我对他们好，他们也会投桃报李，有什么好货会第一时间通知我，更不会随便要价。他们希望的是大家都有利润，能够长期合作，所以对价格和品质比我还上心。

用他们自己的话说："现在生意难做，难得遇到一个好的合作伙伴，必须好好维护。你要在我这里吃一次亏，估计这辈子都不会理我了，那我就亏大了。"

当然，我也会遇到一些比较狡猾的货主，看人开价、出尔反尔，等等。但哪怕他们最后愿意用低于市场价的价格给我货，我也不会和他们合作。

记得有一次，一位男货主初次见我，把一件两千元的东西开价十万。当时他估计以为我是游客，后来见我拎着无数镯子，才知道我是同行，说："之前看走眼了，这件东西你要的话我一千八百元给你。"

我笑着摇了摇头说："我不要了！"

他很郁闷，说："这东西起码值两千，我只要一千八，绝对划算哪，难道你连一千八都开不到吗？"

我说："开得到啊，东西不错，但还是算了。"

他不死心，追着问我为什么。

我说："我不是零星选货，而是喜欢找可以长期合作的人。"

他一听眼睛都亮了，说："可以，可以，我有很多好货，可以长期给你供货啊！"

我说："明明只值两千的东西，你以为我是游客就开价十万。和你合作的话，我每天都得防备你会不会坑我，这样太累了。"

时间久了，大家都知道了我的性格，哪怕有些人比较狡猾，跟我合作时也是规规矩矩的，因为知道我的底线，所以从不敢欺骗我。

就这样，我越做越大，有时候甚至能把他们的好货一扫而空，进货价格自然就便宜下来了。但品质不好的东西，哪怕价格再便宜，我也不会要。

这样我的货源问题基本就解决了。

哪怕把东西卖给别人可以赚更多钱，他们也愿意留给我，这是因为：第一，我从不拖欠货款；第二，他们生意不好时，我愿意照顾他们的生意。

面对顾客，其实我并不懂什么营销，更不会口若悬河地推销什么。

有一次，一位朋友来拜访我时，我正在上新翡翠——几十个镯子在我拍完照将其发到朋友圈后基本就被卖光了。

他惊叹地说："你这卖翡翠也太简单了吧！你拍几张照片，写一下介绍，他们直接就把钱转过来了？"

我说："是啊，不然怎么弄？他们上门来看吗？飞机票都可以再买个镯子了！我这边的顾客都非常好。"

我刚开始创业时，并没有团队，只有一个助手帮我打打下手。顾客在网上买翡翠，最担心的就是品质问题还有安全问题。

刚过来的顾客问得最多的一个问题就是："邮寄途中碎了怎么办？"

我说："你放心吧，从来没有碎过。如果真碎了，损失全部由我承担。"

在给顾客介绍产品品质的时候，我不会对纹裂遮遮掩掩，会直接告诉对方："这个镯子有一条纹，所以价格便宜很多，如果你追求性价比的话，这是个非常不错的选择。你戴在手上别人根本看不见，也不影响镯子的牢固度，天然玉石多少会有点儿问题。如果你追求完美，那我建议选别的，心里会舒服一些，只是价格也会高很多。"

也会有人问我："你这里的东西是最低价吗？"

我说："肯定不是啊！你要是自己很懂，直接上缅甸去买的话，肯定比在我这里买便宜。毕竟我也是进货回来，需要加上一定的利润。"

但我越是把话说得明白，生意反而越好。

很多顾客开玩笑说："在你这里我不用管会不会买到假的、有问题的东西，反正只要看是不是自己喜欢的，就知道自己要不要买了。"

后来，一场新冠疫情席卷而来，原本以为最多几个月就过去了，结果两三年了疫情都没有结束。我虽然喜欢创业，但更在乎自己的生命安全，哪儿敢冒着疫情的风险去进货？

于是我渐渐开展了珍珠业务，以及在机缘巧合下，创立了自己的玫瑰护肤品牌"忘羡之谜"——这也是我从小就梦想做的事情之一。原本我只是为了实现自己的梦想，并没有想着把它做大。

疫情出现后，因为有之前的顾客基础，"忘羡之谜"倒成了我的主业。与此同时，百万畅销书《做一个刚刚好的女子：不攀附，不将就》系列已经热销，拥有百万粉丝的公众号"倾我们所能去生活"已经入选公众号五百强，刚开始做的抖音号"晚情"（ID：1792108589）也在很短的时间里聚集了十万粉丝，而且第一个月就冲进了平台直播第二名，比我们预期的成绩好太多。

但同时，我也见识了一些不太好的竞争现象，比如天天鼓吹自己的东西多好，踩别人的东西哪里不好，吹得天花乱坠，踩得毫无底线——我很反感这种手段。

这时候，我已经有了自己的团队，给她们规定了一条原则：我们只负责介绍自己的产品，永远不要去踩别人来抬高自己。我们做自己的事就好，不要去吹灭别人的灯，做损人利己的事情很低级。

我始终觉得，走得快固然好，但走得稳更重要。

这两种特质，
决定了你适合去大城市还是回小城市

十几年前，我有一个形影不离的闺密，我俩相约一定要待在同一座城市，老了结伴养老，不管是结婚还是有了孩子，我们都得比邻而居，相互照应。

然而，理想很丰满，现实很骨感。

有一天，她不好意思地请我吃饭，说她要离开了，以后我们要见面就很难了。我忙问她："要去哪儿？"

她说她老公在北京买了房子，打算全家搬到北京去，因为北京不管是教育资源还是医疗条件，都比我们当地好得多，为了孩子的未来着想，他们要搬到大城市去。

她充满不舍地对我说："亲爱的，我们以前说好要做邻居的，但北京的房子是我老公在婚前就买好的，他说他很早就规划好要去北京定居的。其实我很不愿意离开现在的环境，这里朋友多，见面也方便，但是他说得也有道理，去北京对孩子的未来发展更好。以后你到北京来，一定要来看我呀！"

我心中无比失落，但还是笑着祝福她有更好的发展。

她走后的很长一段时间里，我都很想念她。那段时间我俩一有时间就在网上聊天。

然而计划赶不上变化，在闺密的孩子上学前一年，她老公有了一个很好的工作机会，地点在杭州。权衡了一番后，她老公决定去杭州发展，让闺密驻守北京。

闺密坚持了小半年，实在坚持不下去了。她每天都给我发消息说她好想回来呀！她在北京人生地不熟的，每天除了面对孩子还是孩子，感觉像在坐牢。她天天和老公吵架，说他把她一个人扔在了北京。

和老公吵了几个月后，她选择了回来。她在当地找了个幼儿园，把孩子送了进去，周末老公就开车过来一家人相聚。

自从回来后，她变得无比开心，说："去北京一趟，我才知道我是多么舍不得你们，舍不得这个环境。你不知道我在北京多可怜，虽然也认识了一些人，但毕竟和你们这些玩儿了很久的人是不一样的，没法儿交心，我回来后才觉得整个人都开心起来。我现在想通了——北京是很好，有最好的资源，但我在那里真的格格不入。北京生活节奏快，交通很堵，我还是更喜欢我们这里，熟悉、自在。回来真好，以后我哪里都不去了。"

而另一位读者的故事完全相反。

她和老公原先生活在三线城市里，老公比较有事业心，在上海找到了工作，收入还不错，以后还有上升空间。

而她和孩子继续留在原来的城市。因为婆婆和妈妈年纪都比较大了，平时都需要照应，她无法带着孩子和老公去上海。

夫妻俩差不多分居了两年后，她积累的怨气越来越多。

用她自己的话形容："生活三点一线，连个说知心话的人都没有。"

早上起来，她先要照顾孩子穿衣吃饭，然后送孩子去学校，再回家收拾房子，去婆婆或者妈妈那里转一转，帮她们干点儿活儿，比如打扫一下卫生，买点儿东西，半天就过去了。

下午她要准备孩子的晚饭。因为孩子正在长身体，营养要均衡，她都是照着菜谱做的。准备好材料后她就要去接孩子放学了，然后照顾孩子吃完饭，还要送孩子去兴趣班，在外面等到孩子下课为止。一般情况下她回家都已经八点了，给孩子洗完澡，哄孩子睡觉后基本就到九点了。

她还要收拾碗筷，做其他家务，忙完这一切事情后基本都十点多了。这时候她给老公打电话，不是老公在加班，就是说不了几分钟老公就想挂电话了。老公说每天都是一样的事情，说一遍就可以了。

她觉得很孤独。虽然老公在身边也帮不了什么忙，但人在和不在的感觉完全是不一样的，哪怕只是空间上近一些，她也不会觉得如此孤独。

她希望老公回来，钱赚得少一点儿也没关系，一家人可以省一点儿，在一起比什么都重要。

但她老公不愿意回来，觉得现在正是拼事业的阶段，只要辛苦几年，把基础打好了，然后在上海按揭购买一套房子，把她和孩子接过去，以后老人看病也方便。

但她不愿意听这些话。两个人几乎每天吵架，她甚至以离婚逼她老公。最后，她老公不得不辞职回了老家。毕竟他很在乎孩子，不愿意让孩子承受这一切。

她是满意了，但老公回来后根本找不到差不多的工作。因为他的特长在大城市才有机会，他找了好几个月，才勉强找到一份工作，薪水只有原先的三分之一，前景什么的就更别提了。

自从回来后，老公就没给过她好脸色，更别提听她说话了。往往她还没开口说几句话，老公就不耐烦地打断她："你每天都说同样的话，你不烦我都烦了。"

其实她心里很明白，老公是把事业一落千丈的气撒在她身上了，也意识到这样下去，她的婚姻可能将岌岌可危，哪怕不离婚，两个人的关系也好不到哪里去。

权衡了许久，她对老公说："你回上海吧，那里才有你的发展天地。你好好干，尽快买上房子，以后孩子去上海念书。"

老公喜出望外，对她感激不已，表示一定会好好工作，争取早日在上海安个家，给孩子一个好未来。

如今，虽然他们一家人在上海还没有房子，但距离目标不是很远了，也意味着团聚有期。

我经常听一些年轻人讨论到底应该去大城市还是回小城市。

有人说，当然要去大城市了，人这一辈子总要出去见识见识，大城市里资源多，资讯发达，不要做一只井底之蛙，在大城市更容易实现梦想。

大城市里优秀人才多，圈子不一样，包容性强，更允许每一个人活成自己期待的样子；小城市除了生活成本低、压力小外，一无是处。

也有人说，大城市人情冷漠，交通拥堵，竞争激烈，生活压力大，人就活短短几十年，何必把自己逼到这份儿上呢？小城市虽然没有太好的教育和医疗资源，但生活节奏慢，空气环境好，悠闲自得，更宜居，所以现在很多人纷纷从大城市回到了小城市里。

我大学是在上海念的，在大城市里生活了四年。我刚到上海的时候，没有任何不适感。可能我当时只是一个学生，还没有任何压力，所以很快就适应了。

在上海我最大的感受就是便利，无论想学什么还是想买什么东西，只要口袋里有钱，几乎都能满足自己。

但最终我还是离开了上海。老实说，刚回来的一段时间我有点儿不适应，主要是生活没那么便利了，但没过多久也适应了，可见人的适应能力是很强的。

因为同时在大城市和小城市待过，我觉得两者各有千秋。如果不是好坏各半，大家也不用为是待在大城市还是小城市里纠结了。

大城市和小城市的优缺点是固定的，但每一个个体是不同的。

如果一个人很有追求，很喜欢竞争，很希望开眼界，那天生就适合去大城市发展。

如果一个人不喜欢节奏太快，心态又很平和，那更适合去小城市生活。

人在大城市生活，需要的是实力，在小城市生活，需要的是心态。

因为优柔寡断，
我离了两次婚

我是做女性情感平台的，大多数故事的主角是各式各样、各行各业的女性。

今天我给大家讲一位男性的故事，这位男士是我的一位熟人。还没有见面的时候，我对他的印象就很不好。因为听说了很多他的事情，觉得这是一个优柔寡断的男人，而我最不喜欢优柔寡断的男人。

当时他还没有离婚，但他的婚姻生活在圈子里不是秘密。

其中有一件事最为出名——

据说有一次大家一起聚餐，聚到一半时，他老婆打电话过来了，问他在干吗。他说在和朋友聚会，但他老婆不信。他就叫旁边一位朋友给他证明，但他老婆还是不信，直接开车过来找他，并且在所有人面前很不高兴地告诉大家："以后你们聚会别叫上他，别把他带坏了。"

当时大家觉得特别尴尬，但又不好和一个女人计较，也纷纷在心底把他看扁了。搞不定老婆的男人多了，但能让老婆跑来当众撒泼，可见这男人已经失败到什么程度了。

从此以后，大大小小的聚会，再也没人找他了。过了一两年，听说他离婚了，两套房子被他前妻拿走了，所有存款也归了他前妻——他当时年薪五十万，每年还要付三十八万的抚养费给前妻和儿子。

我听说这事后，非常感慨。我平时遇到的向我求助的女性，基本上是被男人吃得死死的，没想到，这回竟在现实中看到的是被女人吃得死死的男人。这男人未来最好别结婚了，不适合结婚。

但他当然不会不结婚，两年后就再婚了，很快又有了一个小儿子，但因为他的房子、存款都给了前妻，绝大部分工作收入也要给前妻，再婚后的日子很不好过。

在这里补充一句，虽然我挺看不上他的，但是他的脾气挺好的。真的认识他后，我发现他挺仗义、重情的，就是处理不好夫妻关系。

朋友们知道他离婚后的情况，也很同情他，加上他工作能力也不错，有人看到他的窘境，就给他介绍了一份薪水翻了好几倍的工作，一下子把他的困境给解决了。

可是好景不长，过了半年左右，他的前妻得知了他收入大涨的事情，立刻和他说儿子要上某某重点学校，要买一套学区房，要几百万，叫他出钱。

那时候，我和他已经认识了。他来咨询我，问我这件事情怎么处理比较好。我说："很简单，让你的前妻把两套房子卖了，换一套学区房就好了。"

他说他前妻绝对不会把前两套房子卖掉的。

我说："那就别让孩子念重点学校了，上普通学校的人也可以成才，假如你现在一年收入才十万呢，难道去卖肾吗？"

他说他担心这样做儿子会怪他，还说他一点儿都不在乎前妻，但是在乎儿子。

我说："那很简单哪，变更抚养权，以后你儿子的各种费用都你来出，你顺便和他培养父子感情。"

他说他前妻绝对不会把儿子给他的。我心想：她当然不会给你了，把摇钱树给了你，以后你还会给她钱吗？

后来我又给他出了个主意，说："你真想买学区房也可以呀，房子挂在你自己名下，大儿子念完，小儿子也可以念，一举两得，还顺便投资了呢！"

但是他的做法应了那句话：性格决定命运。

半年后我见到他，他前妻已经得到了学区房，而他的日子再度回到辛苦状态。因为钱不够，他购买学区房的费用很大部分还是按揭的，加上之前有了新家庭，已经按揭买了一套房子，所以现在每天都很焦虑，生怕工作出点儿问题。即便他天天被他老板骂成狗，也不敢有任何不满情绪。

我经常感慨说："他现在的老婆真可怜——明明老公收入不错，她和儿子过得却捉襟见肘；明明老公和前妻已经离婚很久了，前妻却始终阴魂不散。"

朋友说："没办法呀，她自己要带娃，又没有收入，男人除了忍耐还能怎么做呢？"

我开玩笑地说："如果是我，我也和他离婚，然后要房子，要抚养费，因为做前妻比做现在的妻子爽多了，以后他就为两个前妻打工好了。"

这个故事的前半段情节我在社群里给学员们讲过，因为当时只发展到这里。现在几年过去了，这个故事已经有了后续。

他现在的妻子对他这种无原则的做法早就受够了。在孩子三岁的时候，她把自己的亲妈接了过来，自己去找了份工作。

因为心中有气，她把这些郁闷情绪都化作了工作的动力，很快就在公司有了一席之地。

都说"事业是男人的胆"，其实这对女人来说也一样。以前她要带孩子，要靠男人养孩子，在很多事情上虽然被气得吐血，但也没办法。

但现在不一样了，她有亲妈帮自己接送孩子，生活上没有了后顾之忧，工作上也如鱼得水，很受老板器重，也就对她老公无止境地贴补前妻的做法没有那么好的忍耐性了。

有一次，前妻找他要二十万块钱，说想给儿子投资一个小商铺，俗话说"一铺养三代"，她的手里有些钱，大概还差二十万，希望他能帮她解决这个问题。

前妻说，自从离婚后，孩子就变得内向了很多，人前人后都很自卑，她只有不断为孩子打算，告诉孩子他拥有的东西不比别人差。

原本他想拒绝前妻的，但听到她这么说，内疚感就汹涌袭来，鬼使神差地答应了她。

这事好巧不巧被现在的妻子知道了。这一次她没有再忍，只说了一句话："你可以选择给钱，但是你前脚给，我后脚就和你离婚，我说到做到。"

因为现在的妻子是个话不多的人，他知道她是认真的，一下子还真不敢给钱了。毕竟离一次婚，别人还能理解，离第二次婚，所有人都会看他的笑话了，所以他并不想再次离婚。

于是，他就拖着没给钱。但前妻哪儿是能让他拖的人，没过几天就天天找他要钱，说："这是你自己答应了的，男人说话要算话，区区二十万对你而言不是什么大问题。"

但现在的妻子也盯着他——他只要动了家里的钱，她必定知道。所以，家里的钱他不敢动。

最后他偷偷找朋友借了这二十万给前妻送去。前妻拿到钱后还很不高兴，认为他对孩子一点儿都不上心。

原本他打算偷偷攒钱把这二十万还给朋友，结果还是不小心被现在的妻子知道了。

现在的妻子觉得这个男人真的没救了，果断地提出了离婚。

任他如何认错保证，只差给她下跪了，她还是不为所动，只是嘲讽地说："我觉得我还是做你的前妻比较开心。我已经做够了你的老婆，现在只想做你的前妻。"

最终，现在的妻子也没有留情，把房子、财产和孩子都要走了，估计也有和前妻对比的心理，觉得：前妻可以要这么多，我凭什么要得少？

他再次离婚后，第一个前妻还是经常找他要钱。他认为这次离婚就是第一个前妻害的，一肚子怒火正好无处发泄，终于果断地拒绝了第一个前妻的要求。

但第一个前妻这些年已经拿捏惯他了，哪儿会轻易收手，又是哭闹，又是利用孩子对付他，差点儿把他整得患抑郁症。

最终，孩子也和他成了仇人，第一个前妻就更不用说了。他担心的事情一一发生，还赔上了第二次的婚姻和孩子。

他每天都很后悔，为什么当初不果断一点儿？如果不是他当初那么毫无原则，哪怕第一个孩子和他生分了，起码第二段婚姻还是好好的，不会两段婚姻、两个孩子，都不属于他了。

但是世上没有后悔药，人生更无法重来。如今他孤身一人，赚钱付抚养费，才四十多岁的人，看起来都快六十了，不是长得有多老，而是看着暮气沉沉的。他说这辈子再也不会结婚了，也不会再喜欢任何女人了。

每个人听到他的故事，都会叹息一声。世间安得双全法，不负如来不负卿。

被十年闺密撬走客户后，
我的事业迎来了新生

我当年创业时，在网上认识了一位志同道合的姑娘，相互加了微信后，发现我们离得不远，更觉亲切。我比她大三岁，她亲热地喊我姐姐。

因为我比她年长几岁，也因为我发展得比她快一些，所以她有什么问题都喜欢找我探讨，我也乐意和她分享。

她是个非常能干的姑娘，有理想、有抱负，年纪轻轻就想得非常明白，一定要趁自己风华正茂的时候好好奋斗，这样将来结婚有孩子后，才不至于手忙脚乱。

和所有刚刚创业的人一样，当自己一个人忙不过来时，就会邀请身边的人加入，她选择了认识十几年的闺密。她和我说："我和闺密在小学时就认识了，我俩关系可要好了。我请她全权帮我打理内部事宜，自己去外面开拓市场，不要她出一分钱，利润分她四成。"

她的闺密确实是个能干的人。有了闺密的加入，她们连续开了三家店，她也有更多时间去做更重要的事。

到了第二年，她们开了六家分店，发展势头良好。

我开玩笑说："按照这样的速度发展下去，你们很快就能做成全国连锁规模啦！"

有天晚上，她有点儿欲言又止地找我聊天，说："晚情姐，你别看我们开了不少店，其实不怎么赚钱，但我看店里生意还不错，不知道为什么赚钱这么少？"

我的第一反应就是她的闺密是不是有问题，但直接说出来显得有点儿挑拨离间。我问她："你和你闺密讨论过这个问题吗？"

她说："我和她提过，她解释是因为新店刚开需要投入，而且前期都是做活动引流，利润很薄，加上店多了运营成本就上去了，等稳定下来，利润就会上去的。可是，利润也不该这么少啊！我们这么多个店，一年下来连一百万都没有。"

我也觉得有点儿不正常，说："那你们店里的财务工作是谁做的？"

她是个聪明人，立刻明白了我的意思，下意识地摇头："这些都是我闺密管的，但我相信她。我们认识十几年了，如果连她我都信不过，也就不知道该去信谁了。而且我闺密主动说了，我要查账可以随时过去，店里的电脑都在那里。我还是再看看吧！"

但人算不如天算，很快她就知道原因了。

说来也是巧合，有一次逛街，她遇到了一个老同学。老同学说："你们店的生意很不错吧，我在你们那里已经充了六七万了。"

当时她听了这话心里"咯噔"一下。之前她提出利润太少时，闺密主动把她拉到电脑前去看账目——其他的人都没有记住，唯独这个老同学，她记住了。她清楚地记得关于老同学的充值金额上面写的是一万多，那剩下的几万去哪里了呢？

答案已经显而易见，她找了个机会，仔细地对之前的老客户做了些回访，终于明白利润都去哪里了。

她痛心疾首地和我说："晚情姐，我和她认识十几年了，我真的特别信任她，所以从来没有查过她的账，也没要她出过一分钱。利润我给了她四成，另外还给她开了一份工资。如果她还不满意，可以来找我说啊，为什么要偷偷干这种事呢？我真的特别难受。"

我说："我理解你的心情。既然你已经知道真实情况了，那想好接下来怎么做了吗？"

她开始纠结了，说如果直接去问闺密，闺密肯定不承认，也容易撕破脸。她不想两个人这么多年的关系最终这样收场。之后她打算完善财务制度，保护自己的利益。

我不是很赞同她这样做。如果是我的话，我会选择直截了当地摊开来说。你都好意思这么坑我了，我还怕和你闹僵吗？我没把你送进监狱去，绝对已经是在念及情分了。而且，你"吃"了多少钱，就得给我"吐"出来多少，都"吐"出来那我就既往不咎。至于你是恨我还是感激我，从知道你做这些事开始，我就已经不在乎了。

但她的性格明显偏软一些，而且她特别重情义，这也是我当初很喜欢她的原因，所以要她像我这样干脆，可能她确实做不到。

我只能侧面暗示她——如果是我的话，一个人只要做过对不起我的事，我是绝对不会再用这个人的。但毕竟每个人的想法和做法都是不一样的，我也不能强迫她听我的。

完善了财务制度后，她确实安心了不少。闺密动不了手脚了，店里的利润便多了起来。

然而，更惨痛的教训正等着她。

闺密见没有漏洞可钻了，这时候手头也有钱了，干脆另起炉灶，把大部分客户带走了，而且把所有客户资料删除得干干净净。

这个打击对她而言实在太沉重了。创业这些年来的成就全部付诸东流，员工纷纷跳槽，她还因此欠下了一屁股债务，连房子都被抵押出去了。

其实我都没有料到她闺密会做得这么绝，这简直就是一点儿情分都不念哪，根本不像闺密，更像仇人！

好在她是个意志坚强的人，并没有因为这件事就彻底被打倒，而是痛定思痛。

她对我说："晚情姐，幸亏我还年轻，我就当自己买了一个经验教训。我可以东山再起，相信我会渡过这个难关。"

她把几家店都关了，遣散了剩下的员工，重新选择其他项目继续创业。

天道酬善，三年后，她又取得了不错的成绩，人也变得更成熟、干练。反倒是她的闺密，天下没有不透风的墙，一段时间后，大家都知道这位闺密把她坑了的事，起码圈子里的人都传遍了，舆论沸沸扬扬，很多人对这样的人敬而远之。

我对她有些心疼，得知她又创业后，对她更多了钦佩之情。

前几天，她给我发了一份开业邀请函。她在市中心开了一个高端店，想多结交一些有影响力的人。

我说："以前我是喜欢你，现在是钦佩你。换了一般人被闺密这样坑了，要么一蹶不振，要么满心想着报仇，但你很豁达，根本不去理会她，而是总结经验教训，重新创业。你有这种胸襟和气度，未来的成就不可限量。你闺密其实很傻，如果她一直好好和你合作，你们各取所长，也许会创造出神话。"

她笑了笑说："那我就承晚情姐吉言啦！我也觉得我的未来不可限量，没必要把精力放在这种小人身上。我现在很好，又结交了一些新朋友，不过现在不会这么傻了。"

看着她明媚的笑容，我脑海中突然闪过一句话：一念天堂，一念地狱。

当老婆的收入超过我以后……

一位姑娘留言问我，她今年二十七岁，还没有男朋友，公司里一位热心的同事就把自己的男同学介绍给了她。对方比她大一岁，学历和工作都不错，目前两个人的工作地点也在同一座城市，见过几次面，彼此感觉都还可以，主要也是年纪大了，都有成家立业的想法。

可是有一点令她特别担心，就是对方出身农村。姑娘特别跟我强调，她绝对不是歧视农村人，三代以前，谁祖上不是农民呢？她就是看了太多电视剧和文章，里面描述的凤凰男和其家人令她觉得特别恐怖。她担心万一遇上这样的人，那这辈子岂不惨了？

姑娘并不是第一个问我这种问题的人。

我先讲两个故事吧！

前段时间我参加了一场聚会，聚会上的其中一位朋友刚换了辆车。有人问他："这车现在多少钱了？"他说了个价格。问的人悻悻地说："这么贵啊，要是便宜我也换一辆。"

另一个人不怀好意地问这位朋友："现在你赚多少钱啊，开这么贵的车？"朋友笑了笑说："我可买不起这样的车，这是我老婆送给我的。"

那个人酸溜溜地说："娶一个好老婆真是幸福啊！你老婆能送你这样的车，年收入大大超过你了吧？"

这种问话，连我都能听出刺儿来，但是他一点儿恼色都没有，还是笑着回答："是啊，她的收入早就超越我了。我们家一年收入两千多万，她收入两千万，我就是那个'多万'。"

我们都被他的幽默逗乐了。

这位朋友和他的太太已经结婚十七年了，是圈中的模范夫妻。有一次大家一起体检时，我曾听他太太跟我细说他们的过去。

我就叫他D先生吧。D先生出身安徽农村，并没有上过大学，毕业后就做了业务员，而他太太是典型的城里人，大学毕业，长得挺漂亮的，是办公室里的一位主管。当时追她的人很多，但她偏偏看上了他。

当时也有很多人劝她，说他是农村来的，家里负担又重，也不是大学生，她何必委屈下嫁呢？但她是个倔强的妹子，不管多少人反对，就是要嫁给他。

很多人在背后说，这一对夫妻肯定没有好下场。

D 先生的家庭负担确实很重，弟弟妹妹都在上学，他赚的钱大多要寄回老家，甚至买不起一件像样的礼物送给她。

她并没有抱怨，而是从公司辞了职，决定自己干。她利用自己工作时积累的经验和人脉，开了一家广告公司。

D 先生继续在公司里做业务员。太太果然很能干，他并不知道她是怎么打开市场的。因为他出身农村，想帮她也没有人脉和资源，只能在日常生活中多干家务，多体贴她，努力把自己的本职工作做好。

偶尔太太会戏谑地问他："以后我越干越好了，会不会打击你的男性自尊？"

他坦诚地说："你家世比我好，学历比我高，长得也漂亮，本来就比我强，要打击早就打击了。"

太太笑笑，一门心思地经营公司。中间意外怀孕了，她很纠结，不知道事业和孩子如何取舍。他向太太保证："这是我们的第一个孩子，如果你愿意的话，生下来吧。我会尽最大的努力，和你一起把孩子带好。"

太太相信了他。女儿出生后，他果然承包了大部分带孩子的责任，尽量减轻太太的负担。

经济好转后，家里请了保姆，但保姆之外的事，依然是他全权负责，不让太太操心。

后来，他一步一个脚印，坐上了公司高层管理者的位置，年薪近百万。可是此时，他太太的收入是他的几十倍，两个人的收入依然悬殊。

不是没有人说他如今的生活靠太太，也不是没有人明里暗里、不怀好意地打趣他，但他都一笑置之。

他太太告诉我："当初我选择他，就是因为知道他心地仁厚，内心强大。即使当时他的生活那么艰难，他的身上也从无怨气，他也不自卑。别人都觉得我赚钱比他多，家里有现在的生活条件都是因为我能干，只有我自己知道，我的事业起码有他一半的功劳。只要他狭隘一点儿、自卑一点儿，或者说有一些必须男强女弱的思想，我就不可能有现在的成就。这么多年来，我的成功离不开他的支持。"

我为她的识人眼光暗暗点赞，也为他的胸襟而折服。他们幸福生活了近二十年，这是毋庸置疑的，我更相信在接下来的生活中，他们会一直这样幸福下去。

但另一个故事的结局就不是这么美好了。

两个故事的背景差不多，都是城市女嫁了农村男。

我叫她绫子吧。绫子的老公是湖南人，两个人结婚后，由绫子的父母出钱给他们买了套两室一厅的房子。

本来免去租房之苦，这也算是件好事，但她老公相当敏感，时不时地敲打她："等我有钱了，我们就换大房子，不住你爸妈买的房子。"他或者问："你爸妈是不是挺瞧不起我的啊？"

绫子无奈地说："没有，如果我爸妈有这种想法，就不会出

钱让我们买房结婚了。"

她老公撇撇嘴，算是暂时相信了这话。

后来她有了孩子，按照当地的习俗，外婆和奶奶都要送些金器给孩子辟邪用。她妈妈买了整套金饰过来，有小金镯、小金琐、小铃铛，金灿灿的好不漂亮。

她欢喜地把玩着这些东西。老公冷冷地走了过来："你妈这是来炫耀的吧？我妈可买不起这些东西，你妈背后有没有跟你嘀咕？"

她生气，反问道："那你希望我妈什么表示都没有吗？"

见她生气，他又贱贱地赔笑。

后来，他妹妹大学毕业过来投奔他们，住在他们家里，一时找不到合适的工作。她想着总归是一家人，就让父母托关系给小姑子找了份工作。

但有一次，婆婆过来看小姑子，她无意中听到了婆婆问小姑子的话。

"你嫂子这么积极地给你找工作，是不是不愿意你住在这里，好让你早点儿走？"

当时她愣在了外面。晚上老公回来，她跟他说了这件事。

他不以为意地说："老太太想法多一点儿也没什么大不了的。"

她对他的态度不满，问他："你们到底能不能公平些？我替你妹妹找了工作，也不指望你们感激我，但是背后说这种话就太令人心寒了吧？"

老公却不满地质问她："你给我妹妹找工作，就是想让我们家的人知道你们家的厉害吧？有什么了不起的？你们不就是运气好住在城里吗？难道非要我们卑躬屈膝地感激你？"

她气得说不出话来，类似的事情在这些年里不胜枚举。

无论她做了什么事，他都不忘打击她。她穿件漂亮衣服，他说他们那里的姑娘都很朴素；她取得一点儿工作上的成绩，他说其实老婆贤惠一点儿更好。

所以，女人嫁给城里人还是农村人，根本不是关键，关键是这个男人本身如何。

有一种男人非常跩，似乎看不起很多人，表现出来的都是对其他人的轻视。但其实他们骨子里非常自卑，清楚自己的条件并不好，为了掩饰自己的不足，会拼命贬低其他人。

和这样的男人生活在一起，就算你拥有再强大的心脏，也会被打击得体无完肤。他们不是不知道你对他们的好，但是不会感激你，因为觉得自己本来就比你差很多，若是再感激你，怕你心里更看不起他们。

可以说，他们常常用非常狭隘的眼光去衡量其他人，并且非常敏感。

而这一点，在"凤凰男"身上表现得尤其严重。这就是为什么很多"凤凰男"明明是岳父、岳母出钱买的房子，却喜欢告诉父母和老家的人是自己努力买的。明明你付出了那么多，他不但不感激你，甚至刺激你。

嫁给这样的男人，你还要明白，他的家族不会感激你——就算你做再多事，他们也只会觉得自己的儿子真能干。

嫁给这种男人，你会一辈子活在憋闷情绪中，但还不能生气。因为他不会反省自己的行为，只会把这一切归结为"你后悔了""你嫌贫爱富了"。他会用自己的自卑和狭隘把你刺得体无完肤。

但若对方思想健康、人格健全，不管是城里人也好，农村人也罢，其实并不是问题。如何辨别这两种男人，完全看你是否能够通过他的一举一动，看清他的真实为人。

假如当年没有选择创业，
我还会成功吗？

前几天，有位学员问我，自己已经三十五岁了，在小公司上班已经足足十年，这十年来不管工资还是岗位，一直没有大的变化。她看见身边的人，有的已经做到了管理岗位，有的辞职创业干得风生水起，只有自己一直停滞不前，眼睁睁地看着年岁越来越大。

所以她内心非常焦虑，想要创业的念头越来越强烈，但因为一个问题一直下不了决定，想听听我的建议。

她的问题是这样的："晚情姐，你说我是辞职后去创业，还是保留现在的工作，再利用空余的时间去创业？如果辞职去创业，我怕万一失败了就会一无所有，连生活都会成为问题；如果不辞职，很多时间又会被占用，很多人全力以赴都不能创业成功，我还有一份工作牵扯着，时间、精力都少很多，还能成功吗？你说我该怎么选呢？"

我这人最怕帮别人做选择了。而且我认为每个人的人生应该自己选择，别人无法代劳。

但我忍不住想起了自己创业的那一段时光。

我在创业前一共待过三个公司，前面的两个大多是实习阶段，在最后一个公司待的时间最长，有四年多。

我很喜欢我的前公司，哪怕现在已经离职多年，那段时光依然是我的职业生涯中最轻松、最开心的日子。

我的前公司很大，领导人很好，对我多加教导，同事之间相处融洽，加上青春年少，大家很能玩儿到一起。

刚开始工作的时候，我在心里给自己的期限是两年，只想多一份体验。事实上，我崇尚自由，性子跳脱，受不了太多束缚，并不适合在公司上班。

但因为我的前公司让人很有归属感，我一直待了四年多。直到有一天晚上，我莫名其妙地失眠了。

我问自己：我打算一辈子在公司里打工吗？我曾经的梦想呢？我曾经的追求呢？

而且，我现在还年轻，可以继续过这样的日子，但当我的年纪渐渐增长时，如果没有核心竞争力，公司会养我一辈子吗？

这么一想，我背后冷汗涔涔，更加睡不着了，渐渐萌生辞职的念头。

这个念头一出现，我工作起来就很不在状态了，一边是对公司、同事、闺密们的不舍心情，一边是对未来的规划。

我很不喜欢自己这样的状态，所以当机立断，决定辞职。

辞职后，我心里更加不舍，但因为做了决定，也有一种轻松感。

我把这个消息告诉了闺密。

闺密很难过，拼命挽留我，说："亲爱的，之前从来没有听你说过，这太突然了。小 D 从去年开始就说要辞职，到现在还没有辞。你毫无风声，就这么突然辞职了。没有你，我会很不习惯的。"

我说："我就是怕自己下不了决心，所以先提交了辞职报告，再告诉你们的。"

家里人听说我提了辞职之后，对我的态度就不像闺密那么温柔了，直接劈头盖脸地骂了我一顿，说："你这主意可真够大的，说都不说，这么好的工作就给辞了，脑子被门挤了吧？"

但最后，我还是辞职了。

辞职之后，我开始写作。那段时间可以说是我最拼命的时候，因为有很大的压力。

但整整一年，我在写作上也没有太大的起色。

于是，家里人的数落言语就更多了："后悔辞职了吧？这么好的工作给辞了，本来每个月都有工资打进来，现在多不稳定！"

后来再有什么事，我就不愿意让家里人知道了。我知道我没有退路，只有努力向前，直到成功。

就这样，我在黑暗中慢慢摸索，不断调整方向。

无数个夜晚，我就着黄色的灯光伏案写作，奔向梦想。

无数个凌晨，我就着外面的月色绞尽脑汁，迎接渐渐柔和的晨曦。

到了 2015 年，我决定做珠宝翡翠，也开始做微信公众号，终于迎来了写作爆发期。

不到一个月时间，我就写出了很多爆文：《穷太久就是你的错》《这世上男人对女人的好，只有一种》《你是不是太早示好了？》，等等，后来更有引爆全网的《令你为难的事，越早拒绝越好》《和一个经常令你心寒的男人在一起，会冷一辈子》。

文章多次被《人民日报》转载，总点击量有数亿。在几个月的时间里，我就聚集了百万粉丝。

在这个过程中，我也迎来了人生中第一本百万畅销书《做一个刚刚好的女子：不攀附，不将就》，事业全面开花。

所有的质疑和不理解的声音不知不觉就消失了，所有赞誉的话语都向我涌来。

原先不赞成我辞职的人对我说："难怪你坚持要辞职，有能力的人都是很有主见的。"

原先觉得我不可能成功的人说："你真是深藏不露啊！"

只有我自己知道，这一路走来，有多少汗水和多少个不眠之夜。

回首前尘往事，我心有戚戚焉。虽然我付出了很多努力，最后拥有了世俗上的圆满结果，但除了努力，自己无疑也是幸运的。

我曾经思考过一个问题：假如没有辞职，一边工作一边创业，我会成功吗？

我认为这基本不可能。假如我还有一份工作，我的心态就不一样了。知道自己是有退路的，不管成功还是失败，都不是那么要紧，我就不会全力以赴。当遇到困难的时候，我很有可能就退缩了，因为身后不是悬崖，而是另一个归属，所以也就看不见前路的风景。

创业从来不是一件简单的事，需要的东西太多了，时间、精力、智慧、眼光、判断，甚至机遇，哪怕全力以赴，没有成功的人依然比比皆是。如果我不是全力以赴呢？那么我成功的机会只会更渺茫——除非我真的天赋异禀或者运气爆棚。

每个人都希望拥有更多东西，而不愿意舍弃任何东西，这是人性，却也恰恰是人生最大的制约。

你不愿意离开池塘，就不可能看见远方的大海；你不愿意离开山脚，就不可能领略山顶的风光。如果你频频回头，内心左右摇摆，那么既不可能见到广袤的大海，也领略不了巍峨山顶的风光，更回不到最初的池塘和山脚。

不想被人"吃"得死死的，
就要做到这三个字

母亲节回去那天，我看到了很心酸的一幕场景。

那天，我给我妈包了一个红包后，就往表弟家里走去。小县城的亲戚彼此都住得很近，没几分钟我就到了表弟家。

我到的时候，表弟正在打电话："王老板，不知道这两天你方便不？如果方便的话，就把账结一下吧！你看这都是前年的事了。你是做大生意的人，我们都是混口饭吃。

"下半年我的孩子又要念书了，我想送他去好一点儿的学校，学费也贵，我们都是有孩子的人。知道你是个大忙人，我也不好意思一直打电话麻烦你。

"反正钱也不多，就一万多块钱，你这两天能给我一下吗？哦，只有两千啊？能不能先给我拿五千呢？我也是实在没办法了，老婆孩子都要吃饭……"

看着他低声下气地哀求对方，我心里极为难受。

表弟学历不高，但胜在吃苦耐劳，自己学了门技术，接些活儿来干，虽然赚的钱不多，但比普通上班族强。

前几年市场经济好的时候，他也算过得不错，但这两年经济不太景气，家里经济就慢慢吃紧了。

前段时间他经常打电话问我有没有什么好项目，我也说不上个所以然来，想着趁这次回来和他好好聊一聊。

挂了电话，表弟转身看见了我。

我问他："有人欠你的钱不还吗？"

一提起这事，他就满腔郁闷情绪，忍不住和我说起了经过。

那是前年的事了，一个姓王的老板找到他，说有一批东西需要他做。表弟知道对方是个有钱的老板，就很高兴地接下了活儿。

前几次合作都没什么问题，于是表弟渐渐信任对方，也不要求对方付定金什么的了。

可是最后一次的一万多元费用，对方就是迟迟不给，不是说今天没空，就是明天有事，不是今天忘了，就是明天不方便。

转眼一两年过去了，表弟早催晚催，奈何对方就是无动于衷。最令表弟生气的是，若对方真的经济吃紧，他也理解，毕竟谁都有不方便的时候。

可是这位王老板上上个月才买了一套别墅，上个月才换了一辆两百多万的新车，根本就不是没钱，只是赖着不想给而已。

表弟心中气愤，却也只能好声好气地慢慢追讨，至于能不能要回钱来，那就看天意了。

我若在二十几岁时，一定会说："告他啊，用法律维护自己的权益，欠债还钱，天经地义。"

然而现在，我不会再这样说，懂他的顾忌。

我曾经看到过另一个相似的例子。

在离我老家不远处，有一户人家，家里有两兄弟，哥哥无能并有很多陋习，比如嗜好赌博、挥霍无度，而弟弟很能干，年纪轻轻就有了自己的企业，身家不菲。弟弟成功后，很想拉着哥哥一起过上好日子。

于是，弟弟在最繁华的地段买下六个商铺交给哥哥打理，还把所有的租金送给哥哥一家人过日子，每年两百万元左右。弟弟希望哥哥能拿这些钱做点儿自己的生意。

然而哥哥每年拿着这两百万元，挥霍得更加开心。不是自己辛苦赚的钱，他丝毫不觉得心疼。

弟弟忙于自己的事业，也无力时时盯着他。

到了 2008 年的金融危机，弟弟的企业受到波及，偿还不出银行贷款，弟弟不得已要拿这六个商铺做抵押。

这本是天经地义的事，然而，后来事情是怎么样的呢？

当弟弟要收回这六个商铺时，很多亲戚指着他说："你事业做得那么大，还缺这几个商铺吗？""你这是要对你哥哥赶尽杀绝呀！"

连邻居都在背后偷偷议论他说："难怪企业要倒，就是做人没情义啊，连亲哥哥都可以不管。"

他的父母也偏向大儿子，对小儿子说："你把商铺拿走了，你哥哥一家人怎么过日子呢？"

最后，弟弟还是收回了这六个商铺，因为不得不收回，可是此举带来的后果是什么呢？

绝大部分人认为弟弟做得太绝了，瘦死的骆驼比马大，不管亲人绝对不行。

这件事是我的亲戚讲给我听的。末了，亲戚告诉我："做人千万别像这个弟弟，否则会落得众叛亲离的下场。"

彼时我年轻，冷笑一声说："我肯定不会像这个弟弟这么傻，付出这么多心血还不落好。我要是知道自己的亲戚是这种德行，一开始就和他们断绝关系。这种亲戚，要来何用？"

如今，我再听到这样的话，估计不会再直接怼，但心里的想法不会变，做法更不会变，只是不会再逞口舌之能。

同样的道理，如果表弟今天以非常激烈的手段要回了这笔钱，也会面对这种情况——这就是他不敢强硬地讨要钱的原因。

虽然理在他这里，但依然会有很多人觉得"为这么点儿钱，至于做得这么绝吗？""这人太较真儿了，情商太低。"

当表弟问我，如果是我遇到这种事我会怎么做时，我说："我们的性格不同，我要么就不要这笔钱了，要么果断要回。不管别人怎么说，我只要对得起自己的良心即可。"

这个社会，永远都有一群不辨是非、三观不正的人。

如果父母抛弃自己的孩子，孩子长大后不肯与父母相认，这本是人之常情。有人却会指着孩子的鼻子告诉他："要宽容，要大度，要不计前嫌，要好好孝顺。"

孩子心中压抑，却百口莫辩。因为当有人站在道德的制高点上评判一个人时，这个人说什么都是苍白的。

当你身边的亲戚不断压榨你，搅得你无法正常生活时，你若果断拒绝他们，即使拒绝得合情合理，依然会有一些人对你冷嘲热讽，告诉你"亲情无价，别太自私"。你只能心中苦笑，皮之不存，毛将焉附？

当你的利益被侵害时，你若果断采取措施维护自己的利益，即使理由再正当不过，依然会有一群人出现——他们脸上写满不屑的表情，告诉你："多大点儿事啊，至于吗？如此斤斤计较的你好不讨喜。"

孰是孰非不重要，他们只想告诉你："我们比你宽容，比你重情义。"

最可悲的是，很多人在这样的舆论氛围中选择了妥协，选择让自己的行为符合这些人的价值观，过得憋屈不堪。

所以我想说，如果你选择了屈服，就别再抱怨日子过得憋屈——你都屈服了，还能不憋屈吗？

如果你想以自己的方式过一生——那么不管有多少人误解

你、指责你，哪怕是打击你、疏远你，你都不应该放弃自己的原则。

请相信，一开始你这么做时，确实需要付出一些代价。你可能会在误解和指责中艰难前行，可是要想日子过得舒心，本来不就需要付出相应的代价吗？

但是这个阶段不会太久，别人会适应新的你，只是需要时间。

当他人接受新的你以后，你会发现，日子开始变得轻松。当你更加有原则、有尊严时，会觉得之前付出的所有代价都是值得的。

当然，并不会每个人都接受你、欣赏你。所以，你一定要有断舍离的勇气，有断才有续，有舍才有得，有离才有合。

当一种关系需要你委曲求全地去延续，不断牺牲利益去维护时，其实，它早该被结束了。

你若没这魄力，那么就会被拖入万丈深渊；你若有这种果敢劲儿，前面自是阳光明媚。如何选择，只看你自己。

人生最难的取舍：
离婚时到底要不要孩子？

最近，我遇到一个令我很为难的问题。有位朋友深夜哭着给我打电话，说发现老公在外面有情况。她简直无法相信，也无法接受，到现在还觉得一切都不是真实的。

我这个人可能天生就不是情感共鸣型的朋友，而是解决问题型的。等她哭得差不多了，我问她："那你接下来打算怎么办呢？"

她想也不想地说："我再也无法信任他了，现在看到他就作呕。我和他过不下去了，我要和他离婚。"

我问："那财产和孩子的问题你都想好了吗？"

她突然就不吭声了，过了一会儿，说："我妈反对我离婚，说只要他肯回头就原谅他一次，但一定要把财产都拿到手里。可是我真的不想和他过了。这事我原谅不了。我已经和他提了离婚，他说财产随便我分。我妈知道我一定要离婚，就说那孩子给他，可是这孩子是我带大的……我舍不得。我明白我妈的意思——她是怕我带着孩子不好再找人，但我从来没有和孩子分开过。你说我应该怎么选呢？"

如果我自己还没有孩子，从理智上讲，也会认为女人离婚时，把孩子给男方会更有利。

第一，孩子跟父亲的话，哪怕父亲再婚，孩子和爷爷、奶奶、爸爸都是亲人。但如果妈妈再婚，孩子在再婚家庭里，除了和妈妈，和其他人都是没有血缘关系的。

第二，都说男人再婚容易，女人再婚难，其实难不难主要就是看有没有带着孩子。如果男方带着一个孩子，女方没有，谁再婚更容易，一目了然。

第三，一般情况下，妈妈爱孩子的概率更高。有一个观点是这样的，孩子如果跟了父亲，妈妈这辈子还是会爱这个孩子的，但如果跟了妈妈，一段时间后，爸爸对这个孩子的感情就会越来越淡。虽然并不是人人如此，但这种现象还是挺普遍的。

第四，女人没有带孩子的话，分开后哪怕不再婚，在找工作、重新开始生活的时候，经济压力会小很多。毕竟，一个女人要养活自己还是很容易的。

但是，这所有的条条框框都是建立在理智上，抛开情感而谈的。

我自己有了灵宝后，很明白很多女人当然清楚离婚带着孩子的难度要比不带孩子高得多，但大多女人不管再难，还是会义无反顾地带着孩子，为什么呢？

她们放不下啊！

哪怕以上四个好处再扩大十倍，可能很多女人还是会选择要孩子。

没有养过孩子的人会觉得她们傻，但养过孩子的人会特别理解她们。

因为她们大多想的根本不是这些好处，而是对孩子的担心。

"孩子一直是我带大的，他爸爸会不会好好照顾他？万一他爸爸照顾得不好，孩子岂不是要受罪？"

"如果他爸爸再婚了，后妈会不会善待他？万一后妈对他不好怎么办？"

只要有这两个原因，就足以使很多女人宁愿历尽千辛万苦也要把孩子带在身边。

我就是看多了这样的案例，所以从来不肯停止努力。万一我也遇到这种情况，希望自己不会陷入这种两难的境地，可以考虑都不用考虑就把孩子带在身边，给孩子很好的生活条件。

但我也理解那些暂时放弃孩子，先提升自己的实力的女人。

我就遇到过这样一个女人。在离婚之前，她是一个家庭主妇。变故来临之际，她毫无准备，想带着孩子。

但她妈妈明确告诉她："我没有能力帮你带孩子。要带我的孙子，我觉得你还是继续过下去吧！"

没有人帮她带孩子，她又没有任何收入，带着孩子的话，除了让孩子吃苦还是吃苦。她思来想去，痛定思痛，最终还是放弃了孩子，自己哭得差点儿晕倒。

离开之后，每天晚上是她最难熬的时候，耳边总是响起孩子的哭声。她想孩子想得睡不着，但也不能时时给孩子打电话。想得厉害时她就咬自己一口，以致后来手臂上全是牙印。

身边有些女人还站在道德的制高点上对她指指点点，说她心狠，连孩子都不要了，这令她更加难受。

痛苦了几天后，她告诉自己，必须站起来赶紧赚钱，等有了条件再把孩子接过来。

有了这个信念支撑，她简直就是一个拼命三娘。因为她没什么学历，也没有技能，除了一些低收入工作，也找不到其他好工作。她没有选择的余地，就在一家超市当了理货员。

晚上，她又去批发了一些便宜的衣服开始摆地摊，一开始生意并不好，一个晚上下来，只能赚十几二十块钱，甚至有时候一块钱都赚不到。

后来，她又开始卖孩子的小饰品，生意比卖衣服好。因为小孩子喜欢的话，大人往往会满足孩子的愿望，而且也不是多贵的东西。

她看每个孩子的眼神都会充满爱意——一个人是不是真的喜欢孩子，是可以从眼神里看出来的。慢慢地，有人知道了她的故事，也愿意来光顾她的生意。

后来，她遇到了一个好心的大学生。对方教她在朋友圈卖这些小饰品，把光顾过的人都加为微信好友，说这样可以提升复购率。

这招挺有用的，销量上去不少，还有很多老客户给她介绍新客户。

两年后，她终于有了自己的店，卖的东西也越来越丰富，但产品基本上还是围绕在孩子身上。

她的生活特别简单节省，中午她可能只吃两个包子。有人说："你现在收入应该还可以吧，为什么不买盒盒饭呢？"

她笑着说："我省一点儿，就可以早点儿把孩子接到身边来。"

大家对她同情兼钦佩，经常支持她的生意，希望她可以早日和孩子团聚。

三年后，她按揭购买了自己的房子，也有了一些积蓄。前夫再婚后，也经常因为孩子和现在的妻子吵架，巴不得她把孩子接走。

就这样，她终于和孩子团聚了，听到孩子说"我还是更喜欢和妈妈在一起"时，她的眼泪"唰"的一下就流了下来，抱着孩子泣不成声地说："妈妈以后再也不离开你了。妈妈这辈子都会陪着你的。"

都说为母则刚，大概就是这个意思吧！

　　我对大多数求助问题，能很快理出头绪，给出最佳解决方案，唯独对"离婚时要不要孩子"这个问题，始终不知道该如何回答，总觉得怎么回答都是错的，因为有太多情感包含在里面了。

　　最后，我希望不管男女，当你走进婚姻的那一刻起就好好珍惜、好好经营，给对方一个相伴终老的爱人，给孩子一个幸福美满的家。

既然我做不到让人人满意，
那我让自己满意

　　我特别想写一位老读者的故事，觉得对那些活得不快乐的妹子特别有启发作用。

　　我和她的第一次接触是她通过邮箱给我写了一封很长的倾诉邮件。

　　她说她结婚五年，有个三岁的儿子，家里经济条件尚可，属于比上不足，比下有余吧。

　　她老公开了个店，卖五金建材，一年能赚几十万。他们当地消费并不高，这收入应付一家人的开支没什么问题。公公去世多年，婆婆一直是家庭妇女，从来没有工作过，现在老了更不可能工作，每天就是出去跳跳广场舞，老读者则是在家里带孩子。

　　原本他们日子过得还可以，典型的男主外、女主内模式，但这种日子自从大姑姐离婚后，就再也不存在了。

大姑姐离婚后带着孩子回了娘家，当时我那读者就不太情愿，觉得家里有一个婆婆已经够了，再加一个大姑姐，这母女俩住在一起，自己还能算什么女主人呢？

但老公说："我姐离婚后没地方去，不回娘家你让她上哪儿去？"

其实她之所以这么排斥大姑姐回来，主要是因为大姑姐为人不靠谱，以前有事就经常把孩子扔给她。现在大姑姐离婚回家住后，这孩子岂不是大部分时间要她来照顾了？

但老公振振有词地说："我姐自己会照顾孩子的，再说还有我妈呢！家里就多双筷子而已，我就一个姐姐，难道还把她赶出去吗？她离婚已经够可怜了，你有没有一点儿亲情啊？"

就这样，大姑姐带着孩子搬了进来，我那读者的噩梦从此也开始了。

大姑姐是个很不成熟的人，离婚后憋着一股气，就是一定要比对方先结婚，证明是她甩了他。

所以她每天早出晚归、相亲聚会，孩子就扔在家里。婆婆每天早早地就躲出去跳广场舞，不到饭点绝不回来。

我那读者一个人又要做饭又要带两个孩子，忙得脚不沾地。老公也不体谅，经常说带一个是带，带两个也是带，等他姐找到合适的男人就好了。

但是足足一年，大姑姐谈了好几次短暂的恋爱，什么进展都没有，而我那读者几乎足足给大姑姐带了一年孩子，还没得到一声感谢。

她问我："怎么才能不带大姑姐的孩子？"

我说："你直接不带就好了呀。你又不是孩子的第一监护人，本来帮忙是情分，不帮是本分。"

她说："那孩子没人照顾，别人会说的。"

我扶额说："孩子没人照顾，别人就算要说，首先是说当妈的和当爸的不负责任，其次是做外婆的不帮忙，再次是你老公这个亲舅舅，怎么也说不到你这个做舅妈的人身上吧？"

她纠结地说："但好歹是一家人哪，孩子也挺可怜的。"

我说："你要是觉得孩子可怜，那就帮忙照顾一下，当自己的善举了。"

但她又照顾得很不情愿，怨气横生。

之后，她不知道从哪里要来了我的助理的联系方式，经常写一篇长文倾诉，再让我的助理转交给我。

她差不多求助了两年吧。

我的助理是个非常好脾气以及有同情心的人，都忍不住和我说："老大，同样的问题她都已经求助两年了，一直在这中间打转，你也回复她很多次了，就算是石头也该开窍了吧。她这内耗也太严重了。"

我说："你不了解她的心理，其实这两年来来回回，她的心思也很明白了。"

她确实不乐意带大姑姐的娃，但在带的同时，身边经常有人和她说："你可真大度啊，不但让离婚的大姑姐住回来，还帮她带孩子。你这种舅妈真的太难得了。"

还有人和她说："你婆婆都不带外孙，你还帮她们带——你就是人好！"

她很享受别人发的这种"好人卡"，被架在上面下不来了。其实她内心是不愿意带孩子的，但又怕不带的话，别人会说大姑姐现在落难了，做弟媳的都不愿意帮忙，真是冷漠！

她之所以一直陷在这种怪圈里，是因为一直活在别人的评价中。如果她内在的力量无法强大到不在意别人怎么说，那这个问题就会一直存在。

在我写这篇文章时，距离她第一次找我已经三年多了，但她还是没有从这个问题里挣脱出来。

很多人可能觉得这不可思议，这么一个问题，她居然能陷三年？

其实那些活在别人的眼光里的人，别说在一个问题里陷三年，陷一辈子的大有人在。

我们每个人一生当中都要面对无数人的眼光，如果每天都想着让别人满意，那终究会失去自己，活得相当不快乐。

我这辈子最大的成就并不是创业成功，而是内心强大，从来不在乎别人的眼光和评价。

记得我大学刚毕业的那一年，想着以后不出意外，可能要工作好几十年，想到这点就好心疼自己啊！我打算先让自己休息一两个月，把我想看的书先看个过瘾。

结果没几天，我妈就跑来找我，叫我无论如何必须找份工作，收入多和少都无所谓，总之就是必须有工作，不然她受不了别人的议论。人家说我堂堂名牌大学的毕业生，连工作都找不到。

我说："你让他们说好了。嘴巴长在人家身上，我们又不能决定别人说什么。"

我依然按照自己的节奏生活，觉得我妈叨唠烦了，就塞上耳机。

后来我找到满意的工作，索性搬去公司宿舍住，换得耳根清净。

第二件事就是我要孩子时已经三十多岁了。可能是由于从小对原生家庭不满意，让我对孩子的渴望感特别低。如果我没有准备好做一个母亲，是不敢随便把一个孩子带到这个世界上来的。

还是我妈先受不了了，仰天长叹，旁敲侧击，在我面前故意说："不知道我这辈子是不是还能听见有人叫我一声'外婆'呢？"

我翻了个白眼说："你这么想做外婆，要不我现在就叫你一声'外婆'？"

她见旁敲侧击没用，又开始给我讲她早上看到的一篇新闻："因为没有孩子，老人死在家里好多天都没有人发现，太惨了。"

我说："我以后可以住养老院，不会死了没人发现的。"

她又说："养老院没有子女的老人更惨，天天被护工虐待。"

我说："你反正已经有我给你养老送终了，就不要操心这么多事了。"

她只好使出撒手锏："你以为我想管你？人家都偷偷问我我女儿结婚这么久了还没有孩子，是不是身体有问题，要不要介绍一个妇科医生去看看。"

我说："你让人家说好了。我都不在乎，你在乎什么啊？！你天天管别人说什么，累不累啊？"

后来，见我实在不受影响，她才渐渐不和我说这些话了，大概也是慢慢对我死心了吧！

再后来，我自己觉得孩子挺可爱的，也做好各种准备了，才有了灵宝这个女儿。因为有了充足的思想准备，有了孩子后，我既没有耽误事业，也没有影响她的成长。

我觉得这种可以按照自己的节奏和遵从内心想法过日子的方式实在太爽了。

经常有人问我，到底是怎么做到不在乎别人的眼光的？我觉得可能我看事情比较透彻吧！

我身边不可能只有一个人，也不可能所有人的想法都一样。如果我很在意别人的眼光，那到底在意哪个人的比较好？我在意了这个，那个还是不满意。

比如催生这件事，就算我按照他们的意思生了孩子，过段时间他们就该问我什么时候要二胎了。我能看着别人的眼光过一辈子吗？

肯定不能，而且并不是我真的看着别人的眼光活了，人家就喜欢我了，相反，他们只会更不喜欢我。谁会真的喜欢一个提线木偶呢？

所以，既然你怎么做别人都不可能满意，那干吗不按自己的想法生活呢？

我们必须明白一件事，每个人都有自我，这可以说是一种本能。只是有的人长期活得很压抑，这种自我被压制了而已，并不代表没有。

你想按照自己的意志生活，就要接受别人的各种眼光和评论。你希望得到别人的认同，就必须压制自我去逢迎别人。

事实上，活在别人的眼光里的人，都活得很痛苦，最终还是逃不过别人的差评。而不被别人的想法影响的人，哪怕别人暂时不会理解你，最终还是会被你身上的魅力所征服，这种魅力的名字就叫"内心强大"。

一场直播后，
我对"名"和"利"的思考

直播行业以迅雷不及掩耳之势发展得如火如荼，几乎全民参与直播。

说句实话，在所有领域中，我最擅长的是文字，最不擅长的就是直播，尤其是卖货那种直播。

但这些年来我养成了一个习惯，就是喜欢逼自己离开舒适圈，去尝试那些我不擅长的事，看看自己会有哪些突破。

于是，我决定筹备第一场直播。

先生很担心，说："直播可不像你写文章，写文章就用文字和大家交流，直播可就不一样了，到时候有人会对着你的长相评头论足，会说你没有文人风骨，也跑去直播带货什么的。你看那些明星直播带货后被喷得够呛吧，观众缘直线下降！有人认为他们不务正业，不好好演戏，跑去直播，还不是唯利是图。"

我笑道："这事我觉得须一分为二，带货被骂的人，主要都是因为产品质量有问题，当然，也有一些情怀在里面，有人觉得对方不再是自己喜欢的那个人了。我比你更爱惜自己的羽毛，再说了，我的承受能力你放心，你以为我写文章收获的就全是赞美之词吗？喷子多的是，我早就习惯了。"

就这样，我筹备了一个多月，轰轰烈烈地搞了一场直播，结果原先做的很多心理建设都没什么用。

来直播间的基本是老粉、铁粉，大家看了我的文章多年，很想看看真人。在直播间里大家有种老朋友的感觉，气氛好得不得了。大家说实在太喜欢这样的氛围了，没什么商业气息，就像老朋友久别重逢一样。

我做了第一次直播之后，几乎每天都会有很多粉丝给我留言："什么时候再开直播啊？"

于是，我又搞了几场直播，然后自己不乐意了。

因为我发现，我是一个喜欢新鲜事物的人，喜欢每天的工作都很有挑战性，最好每天的工作是不同的。做第一场直播的时候，我确实激情满满，主导全场，因为这对我而言是全新的领域、全新的尝试——我整个人像"打了十斤鸡血"，亢奋得不得了。

大家也感受到了我的热情，互动热烈，于是就有了很好的体验。

但又直播了几次后，我觉得老是要我做重复的事情，激情就慢慢减退了，后面就直接让助理做了。

但很多粉丝意犹未尽，经常发私信问我："什么时候再开直播啊？"我每次都说"看情况吧！"

因为催我的人太多了，我觉得应该有个交代，于是在直播间里告诉大家："我直播了几次后发现，我最喜欢的还是写作，每天把不同的感悟写下来和大家分享，而且直播卖货的事我的小伙伴们都可以做，但写文章的事她们不能代替我做呀！天天让我直播我肯定做不来，我也不想做。现阶段我还是更喜欢写作。以后等我老了，害怕寂寞了，天天开直播。目前我就偶尔做一下直播吧，因为我也会想念你们的。"

很多粉丝留言说真希望我天天做直播，和我在直播间里聊聊情感、人性的感觉特别好，也喜欢我推荐的一些东西，特别好用。

我笑着说："因为我很少做直播，所以你们觉得新鲜。要是我现在说从今天开始我不写文章了，打算天天直播卖货，估计你们都会骂我忘记初心、有辱斯文。"

大家纷纷说："不会的，不会的，你做什么事我们都喜欢。"

但我明白，其实这两者完全不一样。

当然，这个问题我想得很清楚了。如果我喜欢做直播，不会管别人怎么看我，但我不喜欢重复的直播工作，也不会因为别人想看而去做直播，我第一考虑的就是内心的真实感受。

就像以前我给人讲课一样——一开始我是非常抗拒给别人讲课的，勉强答应朋友一次后，足足两年没有讲过。

后来某一天，我突然很想讲课，于是就做了社群，每天讲得不亦乐乎。也许我现在不喜欢做直播，以后会很喜欢，完全看心境。

或者应该说我不喜欢直播卖货那种氛围，可能换成直播时和大家分享我对人性、情商、婚姻、职场的一些心得，我就会很喜欢了。也许以后我可以试试这种直播模式，看看自己会不会喜欢。

但直播这事引发了我对"名"和"利"的思考。

有一个词叫"名利双收"，但实际上很多时候"名"和"利"是冲突的。你要了"名"就不能要"利"，要了"利"就不能奢求"名"。

比如一个企业家成功以后，如果想要好名声，就要不断做慈善活动，甚至把自己的财产捐出去，那么很多美名就会接踵而来。但如果他死守着自己的财产，有灾不捐，有难不助，恐怕就会落个"为富不仁，冷漠无情"的评价。

同样一个人有了美名以后，如果想要逐利，名誉就不可能不受影响。因为在大众的道德标准里，名人更应该清心寡欲，追求精神富足。如果这个人舍不下利益，大众对他的观感自然就不同了。

所以自古名利难两全。

我想起了《笑傲江湖》中的岳不群。他在武林中是个响当当的人物，被称为"君子剑"，外表谦虚文雅，正气凛然，但为了得到《辟邪剑谱》，不惜迫害自己的徒弟、妻子、女儿。

如果他想成为一个受武林人士尊敬的人，其实有没有《辟邪剑谱》都没关系——但他想成为"天下第一人"，对"辟邪剑谱"念念不忘。

其实当时江湖中人人都想要《辟邪剑谱》从而成为武林至尊，这也是人之常情，但别人都大大方方地你争我夺，他却耍尽了心机，最后成为臭名昭著的伪君子代表。

这几年，人设崩塌现象很常见，主要是有的人明明就是为了利益，却要把自己打造得完美无比，但人设毕竟是人设，而不是真性情，自然很容易出问题。

所以，当我说以后会很少直播时，很多粉丝夸我是"人间清醒，与众不同"。听到这些评价我并不感到高兴，而是很有压力。我并不想被架得太高，以后自己都下不来。

所以我很直白地告诉大家，我减少做直播的次数不是为了表明我有多淡泊名利，只是发现我更喜欢写作而已，说不定将来我天天做直播。这只是我的一次取舍，和我的人品没什么关系。事实上，我最大的理想就是做一个没心没肺的大财迷。

我很早就明白一个道理，一个人不能什么都要，什么都要的结果，往往就是什么都得不到，不如放弃一些东西，会更心安理得。

为了原生家庭，
她赔上了婚姻

我身边关系好的朋友，只有一位离婚的，所以大家也很关心她的感情生活。

说起她的前一段婚姻，我们真的觉得挺可惜的。

当年她和她老公的家境都不太好，两个人心心相印，约定一起打拼一个美好的未来。

然而，这一切都因为她的哥哥而告终。

她的哥哥是个很不靠谱的人，让女朋友未婚先孕不说，结婚不到一年就离婚了。他老婆和他是同样不靠谱的人，也不要孩子，以免以后不好再结婚。

于是，那个孩子就给奶奶带着了。

不到一年，他又结婚了，很快又有了一个孩子，但这段婚姻同样很短暂，不到两年就结束了，女方也是不要孩子就离开了。

这个孩子自然而然又给奶奶带着了——毕竟这是自己的亲孙子，奶奶总不能不管。但奶奶只有一点儿劳保收入，养两个孩子非常吃力。

朋友于心不忍，不愿意看亲妈日子过得这么拮据，就经常给亲妈送钱送物。但她毕竟不是富豪，自己也养着一个孩子，房子的首付还没有存够，却老是去养哥哥的孩子。

时间长了，老公就有了怨言，说："如果你哥哥出了什么意外，留下两个孩子，我愿意尽力帮忙。但你的两个前嫂子不管自己的亲生骨肉，你哥哥只顾自己逍遥，我们却累死累活地帮他们养孩子，我真的没这么高尚。"

她解释说："我不是帮哥哥养孩子，是不忍心看我妈这么辛苦。我不能不管她呀！"

随着孩子渐渐长大，开销越来越大，老公的不满情绪也越来越多，两个人经常因为这件事吵架。

她理解老公——他们自己还过得不富裕，给那两个孩子的钱都是她从牙缝里挤出来的，但她真的做不到不管亲妈和侄子。

就这样，两个人越吵感情越淡，最后走到了离婚的地步。

离婚时，她坚决要了孩子，因为看到两个前嫂子撇下孩子走了以后，孩子真的过得很可怜。虽然只是几岁的孩子，但已经懂得人间艰难，每次她回去，他们会用尽全力地讨好她，因为知道如果姑姑也不管他们，他们的日子就更苦了。

离婚后，她将所有的收入都拿来养三个孩子了，自己出去工作，母亲在家里带三个孩子，日子过得很辛苦。

后来，她觉得孩子越来越大了，如果一直靠薪水生活的话，日子会越过越穷，就想方设法地代理了一个品牌，起早贪黑地干。她知道这是几个孩子的希望，所以全力以赴，没想到真的干起来了。

于是，他们的生活发生了翻天覆地的变化。他们有了自己的房子，家里请了阿姨，毕竟母亲一个人带三个孩子真的很吃力，年纪又越来越大了，她还把三个孩子送到了不错的学校里。

这时候，她也三十好几了。

母亲经常抹着眼泪说："都是你哥和我们拖累了你，我这辈子最对不起的人就是你了。如果你没有一个好归宿，我真的死不瞑目。"

其实她也有心再找个人。毕竟她才三十多岁，没想过一辈子不婚。

但二婚要考虑的事情比头婚多 N 倍，她见了几个男人，心里很是纠结。

第一个男人条件最好，她也最满意，但对方对几个孩子挺介意的，隐晦地提出他可以接受她自己的孩子，但希望他们和另外两个孩子保持距离，不要影响他们的新生活。

第二个男人条件一般，可以接受这几个孩子，但她感受得出来，对方之所以接受是觉得她收入挺高的——反正她自己养得起，他也就无所谓接受还是不接受了。

第三个男人条件差一些，但对她的几个孩子都挺好的。孩子们也愿意和他玩儿，"叔叔、叔叔"地叫得很亲热，可是她对他属于基本没感觉的状态。

她母亲希望她选择第三个男人，虽然条件差一点儿，但他对孩子们好。如果对方不愿意接受孩子，哪怕两个人结婚了，最后还是会不欢而散，想想她的第一段婚姻就知道了。

但她本人最喜欢的还是第一个男人。对方的谈吐、工作、外表等她都比较喜欢，可是对方不愿意接受另外两个孩子，这是二人之间最大的阻碍。所以她很矛盾，跑来问我，如果是我的话，我会选择哪个男人？

这种情况确实难选，她是该选自己喜欢的男人还是选孩子喜欢的？

思考了很久，我对她说："我只能帮你分析，最后还是得你自己取舍。"

很多女人再婚时，会陷入一个误区，就是执着地找一个对自己的孩子视如己出的老公。从情感上我完全理解这种想法，但现实呢？

有些男人对亲生的孩子都未必很尽心，何况是和自己没有血缘关系的孩子呢！我觉得有时候对男人要求不必太高，他能做到接受和正常对待孩子即可，不用追求什么视如己出，否则很有可能男人在前期表现得很好，后期就暴露本性了。

其次是关于两个侄子的问题。

我这朋友肯定是贤惠善良的好女人，但是在我眼里，她有点儿缺乏原则。这么多年来，她哥哥和前嫂子们对孩子不闻不问，一分抚养费不出，她就默默替他们养了这么多年孩子，还赔上了自己的上一段婚姻。

如果是我的话，几年前我就把他们一个不落地告上法庭了，哪里会让他们逍遥这么多年？当年她要是能拿出这种态度来，她前夫也不会怨气越来越深，到最后怨气难消。

哪怕再退一步，她不忍心看两个孩子没人照顾，可以继续供养他们，可以请保姆照顾他们，让母亲在旁边帮忙看着点儿，不用都带在身边。

她哥哥和前嫂子们之所以对孩子不闻不问，不就是知道她在帮自己养孩子吗？

如果她真的打定主意要养到底，那也要养得名正言顺，用法律的手段让这两个孩子和他们脱离关系，而不是自己辛辛苦苦地把孩子养大了，他们玩儿了一辈子玩儿不动了，就跑来找孩子养老了。既然他们没有付出什么，就别妄想得到回报，这种后患必须除掉。

但如果对方非常不喜欢孩子，那她也不能选，这种婚姻要么是孩子受委屈，要么就是自己不忍心孩子受委屈，再度分手。

所以她再婚时心态必须摆正，不追求对方对自己的孩子视如己出，但对方也不能太过排斥，是正常态度就行。

　　当然，她更不必委屈自己，尤其是在完全能养活自己和孩子们的情况下，再婚是为了过得更幸福，而不是让自己更为难，否则继续一个人过不是挺好的吗？

　　朋友开心地说："听你这么分析完，我知道该怎么选了。"

　　看着这个善良的傻姐妹，我希望她是真的懂得怎么选了，也希望她能够把握好其中的"度"。

被全家努力送入"名校"的表弟，
突然要转学……

有一次我回老家听说一件事，有个表弟一直闹着要转学，不肯去上学了。我有点儿惊讶，表弟这才进这个学校不到一学年，怎么就闹着要转学了呢？

当初他父母为了送他进这所学校，可谓倾尽全力呀！

我应该喊他父母表姑姑、表姑父，虽然不是直系亲属，但平时我们两家人也经常走动，所以关系不算远。

从他出生那一刻起，他父母就对他倾注了无数心血，励志要把他培养成人中龙凤。

表姑姑、表姑父学历不高，做点儿小生意，一年收入三四十万的样子，但在对表弟的培养上，那可真是下血本。我经常感慨地说如果换作我的话，我是做不到这点的。

表弟才一岁多时，就被他们送去上早教课了。一节课几百块钱，他们连眼睛都不眨一下，说要让孩子赢在起跑线上。

表弟三岁时，就被送进了当地最好的幼儿园。他们说，其实市里的幼儿园更好，但毕竟有点儿远，孩子才三岁，打算小学再将他送去市里上学。

这还不止，三四岁的孩子，父母给他报了很多兴趣班，识字啊，阅读啊，英语啊，等等，几乎每天的时间都被排满了。

有时候我回去会忍不住说："他才多大呀，太辛苦了吧？"

他父母会立刻阻止我："可别在他面前说这话，他会听进去的。习惯了就好，现在他打好基础，以后就轻松了。我让他以你为榜样，他也说要向姐姐学习呢！"

我不认同地说："我小时候也不是这样过的啊，谁管过我的学习呢？"

表姑姑说："年代不一样了，现在哪个孩子不这样过呢？我们是普通百姓，没有背景，没有资源，只能尽量把他培养好，未来就靠他自己了。"

我看着那个小小的人儿趴在桌上一笔一画地写着字，忍不住有点儿心酸。现在的孩子太不容易了，几乎没有童年，更别提玩乐时间了，偶尔去趟游乐园，仿佛遇到了天下大赦一样。

等他再大一点儿，课业就更重了。表姑姑花高价请了老师在家对他进行一对一培训，怕他以后进了好学校跟不上进度。

我给他们算过一笔账，按他们年收入四十万来算，他们花在表弟的教育上的钱一年起码二十几万，加上一家三口平时的开支，一年的收入几乎不剩什么了。原本他们的收入虽不算高，但也绝对算可以了，一家三口可以过得很不错。

可因为在教育上投入太多，所以在其他方面表姑姑相当节省。一辆代步车已经开了很多年，几乎"五劳七伤"了，他们还是舍不得换，因为要把钱留下用在孩子的教育上。

平时他们的吃喝用度也非常简省，她笑着说："我们就苦这些年，等他有出息了，日子就好过了。"

我本想说，不是这样培养孩子，他就一定会成才，万一最后事与愿违呢？

但这是他们多年的信仰，我自然不会去泼冷水。

好不容易熬到表弟上小学，表姑果然把他送进了私立小学，学费不菲。他们还给表弟报了很多兴趣班，据说最多的时候表弟一个星期要上十三个班，听得我都头皮发麻。

他们一家人不是在去上学的路上，就是在去培训班的路上，风雨无阻。表弟也是我见到的身边最辛苦的小孩儿。

偶尔我实在不忍心，会说某某新开了什么餐厅，孩子学习很重要，但是见识也重要，以后和高层次的人交往，不能什么都没见过是吧？

表姑姑深觉有理，主要是对我有着天然的崇拜和信任感，会立刻收拾好东西对表弟说："那你跟姐姐出去，要听姐姐的话。"

每次表弟都很开心地拉着我就跑，有时候还开玩笑说："谢谢姐姐大发慈悲。"

看着他没有学傻，还知道和我开玩笑，我心中略觉安慰。

后来表弟小学毕业，要升初中了。表姑姑把我看成救命稻草，还没开始择校，就给我打了好几个电话，问她看中的那所学校今年报名的人有多少，里面的实际情况怎么样，费用怎么样。

我和先生替她打听后，一一把消息转述给了她。一开始她有点儿沉默。那是我们那里最好的私立学校，教育质量是有口皆碑的，学费自然也是不低的。

表姑姑在孩子还小的时候就这样培养儿子，就是在为让他进这所学校做准备，这是他们的阶段目标。表弟进了这所学校，一只脚就迈进了好高中，接下来就是考上好大学了。

表弟运气挺好的，成功地进了这所学校。表姑姑他们非常高兴，破天荒地在酒店摆了酒席。

我还感慨说："万里长征迈出决定性的一步了，你们总算可以松一口气了。"

结果表弟却闹着要转学，不肯去上学了。

表姑姑说："我已经问他好久了，他就是不肯说原因，反正就是要转学。这倒霉儿子，我在他身上花了这么多心血，他居然这么不听话！他平时比较愿意和你说话，你能不能帮我去问问他啊？"

我答应了。

我进表弟的房间的时候，他把自己关在屋子里，一脸抵触和防备的表情。我开玩笑说："你是不是喜欢上哪个女孩儿，人家不喜欢你，所以你闹脾气了？"

他一下子不好意思地笑了："姐姐你又胡说八道，哪有什么女孩儿？根本就没有女孩儿，我就是不想去那学校了。"

孩子毕竟是孩子，我稍微用点儿技巧，三两下就把他的心里话给问出来了。原来那所私立学校里的学生非富即贵，每次放学都有一溜儿名车在学校门口排开，而他是他们班上家境最差的人，平时在班里也没人和他玩儿。他觉得非常孤独，内心敏感而脆弱，总觉得同学都看不起他。

有一次，父母来接他放学，被一个同学看见了。同学嘲笑他家的车比保姆开的车还差，表弟当下又羞又气。这个阶段的孩子，正是有点儿懂事，又不特别懂事的时候。表弟受了奚落，就和以前的小学同学聊天。小学同学告诉他，自己在学校特别开心，大家一起玩儿、一起闹，才不要去什么私立学校呢！

表弟羡慕极了，当下就死活要转校了。

我把这一切原委告诉了表姑姑。

她很生气地说："这些有钱人家的孩子真是不像话！但他因为这事就要转校也太胡闹了吧？"

我说："他还真不是胡闹。你不是他，没在他的环境里待过。这种事往小了说是闹闹脾气，往大了说可能会影响他的整个人生。"

表姑姑自然不会因为我的几句话就改变初衷。

　　后来我忙自己的事，也就没有一直关注这件事，听说表弟死活不肯去上学，不管她怎么打骂都没有用。身边的人纷纷劝她算了，孩子大了有自己的主意了，她硬是逼他去，他乱学一气，钱白花了不说，还耽误孩子的前途。

　　最终，表姑姑很生气地给表弟转了学，并且放了狠话，以后他没出息不要怪父母。

　　表弟转学后，变得开朗起来，交了很多朋友。因为闹了这么一出，表姑姑对他的学习抓得也不是那么紧了，有点儿自暴自弃的意味。

　　然而前不久，表弟在数学竞赛中得了第二名，为他们学校争了光。表姑姑这才有了点儿笑容，说只要他自己肯学，在哪儿都能学好。

　　如今表弟已经考上了高中，学校不是顶级的，但也非常不错。他个子蹿得非常高，比我足足高出一个头，迎风飞扬，意气风发。

　　前几天我请他吃饭。见他稍微点了几个就放下了菜单，我说："你在这个年纪正是胃口好的时候，多点一些，不然不够吃。"

　　他说："够了，够了，别浪费了，你赚钱也挺辛苦的。"

　　恍惚间，这个少年已经长大了，懂得了为别人着想。

自从她当上部门经理，
所有人都看她不顺眼了

　　一位老读者在微信上找我，说她不想活了。我被吓了一跳，赶紧安慰她说："没什么事是过不去的，时间可以治愈一切，自杀的人大多数会后悔。看看那些因疫情而家破人亡的不幸者，其实人活着是一件多么幸福的事，很多人多想在这个世间多停留一会儿都做不到。所以，活着的人一定要好好珍惜自己的生活。"

　　姑娘哭着发了一段语音过来，说她毕业才一年多，没有我这么强大的内心，真的撑不下去了。

　　我问她："到底发生了什么事，是在感情中受挫了吗？"

　　她说："不是的，和感情无关，和职场有关。"

　　事情要从她毕业后说起。

　　姑娘毕业后，凭自己的努力找到了一份很不错的工作。公司福利好，薪水也不错，关键是领导好，很愿意教她东西。她也感激领导的知遇之恩，工作起来特别卖力，特别尽心，所以表现得非常出色。

本来应届毕业生要通过六个月试用期才可以转正，但因为她表现出色，领导让她试用两个多月就转正了，这给了她很大的鼓励。从此，她工作起来更加卖力了。

她没有谈恋爱，所以时间很多，经常主动加班揽工作过来做，还利用节假日不断学习提升自己。

在公司的会议上，她往往能够提出让人眼前一亮的建议。她一直有一个梦想，就是好好工作，争取多多升职加薪，做出一番事业来。她很欣赏职场电视剧里那些女高管穿着得体的套装，迈着优雅的步子，眉宇间闪烁着自信和知性的光芒——这让她很是痴迷，一心想做这样的职场精英。

年底的时候，她因为表现出色，获得了"优秀员工"的称号，破了他们公司的历史纪录。她开心得要飞起来了。

但她突然发现办公室里的人对她疏远起来。哪怕她把那笔奖金拿来请大家吃饭，也没什么人领情。

她觉得很难受，被人排挤的感觉真的很压抑。可是她并不是那种很会处理人际关系的人，也不知道怎么做才能缓和和同事的关系。

不过，有一件事分散了她的注意力，就是她的领导要提拔一个人帮助管理部门，类似副手的意思。

虽然她对这个机会跃跃欲试，但她担心自己到公司还没到一年，资历实在太浅了，也怕领导觉得自己不够安分，一年时间都没到就想着升职。

有一天她下班回家，在电梯口遇到了领导。领导随意和她聊着天儿，问她有没有去抓这个机会。

她谦虚地说："我刚毕业一年，在公司的时间太短了。"

领导却说："你这一年工作表现很好。这是个好机会，你应该努力抓住。年轻人嘛，胆子大一点儿，怕这怕那的可不好。"

她心动了，连夜就开始准备。

当时，她的部门里已经有好几个人参加这次竞争了，其中有两个年纪比较大的女同事最有希望升职——一个已经在公司服务十几年了，还有一个是名牌大学毕业的，履历很漂亮。

大家知道她参加竞争，也没说什么，估计觉得她肯定就是一个分母，没什么竞争力。

结果这个机会落到了她的头上，她惊喜不已，也有些忐忑，跑去问领导为什么选了她，其他人都比她资历深。

领导微笑着告诉她："资历这种东西，时间久了就有了，但一个认真、好学、有灵气的下属非常难得，我非常看好你。"

姑娘激动坏了，觉得自己实在太幸运了，有幸碰到这么好的领导，当即表态一定会好好跟领导学习，好好把这份工作做好，绝不辜负领导的期望。

虽然领导对她很满意，但其他人已经视她为眼中钉了。

尤其是那两个落选的老员工，对她十分不友好，经常对她冷嘲热讽，故意为难。

升职后的她其实已经是大家的半个领导了，但因为太年轻，大家都不服她，明里暗里地给她使绊子。

如果只是这样，她还能够忍受，但随后发生的事几乎让她崩溃。

没过多久，公司里传出一些风言风语，说她在大学里优秀的表现其实是有水分的，都是靠和教授的关系得到的。至于她怎么打的关系，大家请自由发挥想象。

传言还说她在大学里被有钱人看上了，后来金主看上了更年轻的姑娘，就把她抛弃了——她只好来上班了。

进了公司以后，她故技重施，开始讨好领导，甚至出卖色相，才得到了这个机会。

这些绯闻越传越有劲，说得有鼻子有眼的，使得很多不了解她的同事，对她也有了看法。每天上班，她都会看到很多或探究或好奇或鄙视的目光。她实在受不了了，而这些事既不好找领导做主，也不好找其他人倾诉，最后就想到了我。

她说现在谁都以为她作风有问题，人品很差，还说她已经不知道该怎么办了，真的想一死百了。

我给她讲了一个故事。

我在职场的时候，曾经参加一次跨部门团建活动，都是一些年轻人，大家玩儿得特别开心。其中，组织者安排了一项漂流比赛，看谁先到达目的地。

经过两天玩耍，大家已经非常放得开了，一下到水里便笑声、尖叫声不断，每个人都吼着要得第一。

大家一齐从岸边出发，刚离开就开始打水仗。尤其是看谁快，大家就拿水去泼谁，阻止对方前进。

我刚刚领先一点儿，见所有的水都朝我泼来，便赶紧躲了过去。另一只筏上的是我的好朋友，看见我狼狈的样子，便冲着我喊："傻瓜，你躲什么啊！赶紧泼回去，某某朝你泼得最狠，赶紧泼她！"

我一边擦水，一边躲避。

更多的水朝我泼来。

连泼我的人都说："喂，你别老是躲呀，你也泼回来呀！"

我笑着摇摇头，喊着说："我要是泼你，那就管不了筏了啊！你喜欢泼就泼吧！"

过了一会儿，没人泼我了，大概觉得我不还手，笑嘻嘻地让大家泼，再泼我有点儿过分了。所以很多人放过了我，泼其他人去了。

最后，我们这一组遥遥领先。我们到达目的地后，过了好久才看见第二组的人狼狈地过来——我们是妥妥的冠军。

晚上聚餐的时候，大家还在讨论下午的漂流。

和我同桌的女孩儿笑着说："你们也太快了，转眼都没有人影了。我们泼来泼去的，后来大家的筏都翻了。一开始我也泼你，后来见你从不还手，再泼你就有点儿不忍心了。其实还是你聪明，就一开始被泼了点儿水。我们后面好惨哪，还有人掉到了河里。每个人都被泼得很惨，大家谁都不让对方先过，结果你们已经遥遥领先得第一了。"

从游戏的角度而言，我这样也不好，太没劲，大家相互闹来闹去才有趣；但是从另一方面来说，我这样做是最佳方法。

每个人的成功路上，都会有很多人来扯后腿，有的是你的竞争者，你厉害了，势必就妨碍了他；有的是原先和你在同一水平线上的，因为忌妒，就像一只螃蟹想爬到高处，其他螃蟹都会把它拉回来；有的是看好戏的，喜欢看你狼狈的样子。

其实这些事都没什么，正好可以磨炼你的心志，什么时候你能做到云淡风轻了，说明你豁达了；什么时候这些事影响不到你了，说明你强大了；什么时候你听不到这些声音了，说明你已经成功了。

一个人永远不要轻言生死，多大点儿事啊！

99% 的女人纠结过的婚姻命题：
嫁给喜欢的人，还是嫁给合适的？

　　有一次，我在朋友圈发了一个感悟。我说未来二十年，相亲可能会成为男女婚恋的主流方式。现在的人越来越不爱出门交际了，不管是男生还是女生，都变得很宅，这样就缺少了相互认识的机会，但大多数男生和女生最终还是需要结婚的，所以相亲成了他们认识彼此的重要途径。

　　发完这个感悟以后，我收到了很多人的留言。大家对此非常赞同，尤其是那些未婚姑娘，太感同身受了。她们一方面希望恋爱结婚，一方面又苦于圈子太窄。

　　有位姑娘问了我一个问题："晚情姐，我今年已经二十九岁了，还没有找到自己喜欢的人，家里人催得特别厉害，现在过年过节我都不敢回去了。他们到处托人给我介绍对象，恨不得马上把我嫁出去。我也去见了几个男人，但真的一点儿感觉都没有。我妈说我太挑了，再拖下去，我只能嫁个二婚男人了。你说我应该听他们的，还是坚持等到我喜欢的人出现呢？"

很多人肯定会说："当然要等自己喜欢的人出现才行啊，嫁给自己不喜欢的人，实在太痛苦了！"

但其实在这件事上挺难选择的。

我先给大家讲我身边的两个故事吧！

我有一位同学，条件挺优秀的，我俩玩儿得很好，但恋爱观完全不同。

她说女孩儿青春短暂，一定要在毕业后的两年之内搞定终身大事，尽量挑一个条件好的男人，至于自己喜不喜欢他没那么重要，只要不讨厌就好，婚姻终究还是以过日子为主。

果然，她在毕业后就进行各种相亲，很快确定了一个家庭条件不错的男人。公婆全款给他们买了婚房，小两口儿工作都不错，小日子过得毫无负担，比我们所有人都轻松。

一年后，她生了一个儿子。公婆替他们带孩子，负担孩子所有的费用，还经常给他们钱，他们的生活几乎没有任何变化。她可以全心追求自己的事业和价值，很快就做出了成绩，公婆也越来越看重她。

但是孩子三岁后，她遇到了一个令她很心动的男人——那是她年少时最喜欢的类型。她原本以为这种男人一辈子都不会出现了，却在自己结婚四年后，突然就出现在她的生命中。

而这个男人也很欣赏她的能力，两个人在工作中越来越对眼。当然，他们只是相互欣赏，并没有越轨行为，她知道自己有夫有子的身份。

那段时间，她找我最频繁，说她后悔了。其实她结婚后和老公貌合神离——她不爱他，有时候还觉得他有点儿"妈宝"，也不懂她，他们像是活在两个世界里的人。

我说："其实是因为你喜欢的人出现了，你看老公基本上就都是缺点了。"

她坦白地承认说："是的，原先我也知道他有这些毛病，但没有对比就没有伤害。我喜欢成熟稳重的男人，他有点儿幼稚，估计是从小过得太顺了。如果我没有孩子，可能早就提出离婚了，但想到儿子，就又纠结了。"

就这样，她几乎纠结了大半年，经常想离婚，但又不想孩子失去完整的家，就对老公越来越不满。

但是最终，女人都以孩子为重，她斩断了自己的心思，把所有精力都用在工作上，自己开了公司，专心教育孩子，可是她的感情世界一片荒芜。

还有一个故事是关于我认识十几年的一位朋友的。我认识她的时候，她已经三十出头了，很多人说她太挑，三十多岁了还没结婚。我是非常尊重别人的活法的一个人，所以她就自然而然地和我走得很近。

她说："这些年我不是没有遇到合适的结婚对象，但都没有那种刻骨铭心的感觉。我希望自己嫁的那个人，是我这辈子非嫁不可的那种，可是一直没有遇到，但可以等。"

等到三十八岁那年，其实她已经等不动了。她渴望有个家，渴望有个孩子，知道女人的生育年龄有限——哪怕她现在立刻结婚，也已经算是高龄产妇了。

她开始别别扭扭地接受相亲，但因为和多年的坚守冲突，相亲进行得不是很顺利。

因为她年纪摆在那里，同样三十八岁以上还未婚的男人非常少，不是离异有孩子的，就是经济条件特别差的。比她小的男人，人家想找更小的女人，所以她的处境就变得非常尴尬，高不成，低不就。

用她自己的话说，相亲的对象比她当年没嫁的那些人还差好大一截，如果这辈子就这样交待了，自己总归不甘心。

就这样又拖了几年，她四十岁开外了。这时候别人给她介绍的人要么是五十多丧偶的，要么是孩子都已经老大了。

她想来想去，终究不愿意这样将就，索性就歇了心思。

但我从她的言谈中，很容易就能听出她的后悔之意。如果当年她不是那么挑，在那些人当中选一个差不多的，现在她的孩子也会打酱油了。但时光不能倒流，错过了就是错过了，她只能硬着头皮继续坚持。

有一次，我带着灵宝在商场偶遇她，让灵宝叫她阿姨。那时候灵宝已经长开了，粉雕玉琢的，特别可爱。她抱着灵宝不撒手，说："我做梦都想有个女儿，把她打扮得跟公主一样，但这辈子估计是不可能了。"

如今，她快五十岁了，依然孤身一人，言语中经常有种凄凉的感觉。

所以，你是嫁给家里安排的人，还是坚持等自己喜欢的人，并没有一个标准答案，因为谁也不知道未来会遇到谁。

关键是自己要权衡好，如果你选择了家里给你安排的人，就永远不要后悔埋怨。虽说家人有可能催婚，甚至逼迫你，但最终还是你自己同意嫁的，未来婚姻有什么遗憾，不要怪任何人，更不要一直想着自己没有等到的那个人。

结婚就好比去海滩上捡贝壳，你捡到一个带回家后，从此就不要再去海滩。如果你再去，总会发现那里还有更好、更漂亮的贝壳，终究意难平。

如果你坚持要等待自己喜欢的人出现，那也要做好准备。因为你不知道这个人什么时候才会出现，甚至他有可能一辈子不会出现。

如果自身能承受任何结果，其实你做什么选择都是对的。

成功人士都懂的
"八字财富箴言"

有一次，我和先生去香港购物。那边的朋友得知后，又是安排司机接机，又是准备接风晚宴，搞得我很不好意思，但内心对对方的好感度急剧上升。我偷偷问先生："我们这样是不是太打扰人家了？我都有点儿不好意思了。"

他轻松地说："没什么，以后 Y 总到我们这里来，我们也好好招待人家就是了。朋友嘛，就是有来有往的。"

我想想也是，就放下了心理包袱。

先生笑着问："你学到了什么？"

我愣了愣说："学什么啊？"

他说："学 Y 总的这种为人处世之道啊！说实话，我最佩服的就是 Y 总的这种豪气。他对待朋友仗义热情，会让你感觉非常舒服。这种特质你要是能学来的话，对你的事业的帮助是巨大的。一个人有小成靠能力就行，但想有大成，就必须靠心胸和格局了。有的人为什么不成功，难道真的是能力问题吗？是格局问题呀！格局小的人，做鬼都做不大。"

我深以为然，想起了一个人。

我就叫她 Z 吧。她是个很聪明且能干的人，交际面很广，但深入了解后，我就发现她看似认识的人多，其实并没有什么真心朋友。

有一次，一位朋友想组个局，让我帮忙参谋名单，怕自己有所遗漏。我检查了一下她邀请的人员，发现没有 Z，就问："是不是忘记邀请 Z 了？"

她停顿了一瞬，然后很直白地和我说："我有点儿不想请她。"

看着我疑惑的神情，她索性竹筒倒豆子，直说了："不仅我一个人不太想请她，其他人也不怎么愿意和她打交道。我和她认识十几年了。这十几年来一直都是我请她，从来没有见她请过我。哪怕她回请我一次也好啊！这不是钱的问题，就是那种感觉非常不好。"

然后她还给我讲了一件事。

有一次快过年了，大家决定聚一聚。一开始大家并不想叫 Z，就很默契地谁也没有提她。没想到 Z 自己知道了这事，主动打电话来问，那大家也不好意思说不想叫 Z，只好说地方还没有确定下来。Z说："那你们定下来后记得叫我啊！"

话都说到这份儿上了，大家不邀请她也不好了。两天后她打电话通知Z。当时车里有好几个人，Z看到她打电话过来时，挺高兴的。Z问："酒水你们买好了吗？要不要我提供啊？"

因为酒店里的烟酒等比较贵，甚至比整桌菜都贵，顾客为了实惠，很多会选择自带。当时朋友有点儿惊讶——Z转性了，居然主动提出要带酒水？太阳从西边出来了？

当下朋友就很开心地说："还没有，你提供就再好不过了。"

然后朋友告诉她一共有几个人，她大概要带多少酒水，就放下了这件事。

到了聚会那一天，Z是第三个到的，两手空空。先到的人忍不住问她："哎，酒水不是你带吗？你放在哪里了？"

Z表情无辜地说："我没带啊。我说了我来带，可某某（也是参加聚会的朋友，当时还没到，否则都有可能和她掐起来）说不用我带。"

但其中有一个人当时也在车上，就说："哪有啊，你说你带，她说好的，还把人数告诉你了呢！"

Z一点儿也没有不好意思的样子，说："可能是信号不好，我没有听清楚。"

对Z的做法，大家也算是长见识了，最后不得不让还没有到酒店的人临时去采买酒水，才解决了这个问题。

但大家都憋了一肚子气。

Z还振振有词地说："我当时是说我来提供的——然后我这边比较吵，就听成了不用我带。"

如果说Z平时非常豪爽，这一次说忘记带了或者真的听错了，大家都会相信她。但一个十几年来从来不肯请别人吃顿饭，但别人请客次次不落空的人，哪怕她说的是真话，也没有人会相信她。大家只会相信她是故意的，就是抠门儿。

至此，我总算明白为什么同样是创业，Z能力没问题，口才也挺好，但这些年一直不温不火，勉强维持着生意，根源大概就在这里了。

很多人不愿意和她合作，更不愿意给她介绍什么项目。她完全靠单打独斗，一个个去开发，而且很多项目也只能做一次，就没有后续了。

我有时候挺不理解这类人的，请人家吃几次饭，能花多少钱？他们何必为了这点儿小钱，把自己的形象搞得这么不堪？但我不是他们，也许不了解他们的真实心理。

有一次，一位粉丝向我倾诉，说她有个顾客因为自己的问题要退货，但死活不肯出退回来的快递费，已经纠缠一个星期了，问我怎么办。

我说："你就给她出了吧。"

粉丝很惊讶地说："晚情姐，是她自己的问题呀，而且我已经给她出一半了，你不觉得她太抠了吗？"

我说："你想想看，什么样的人会花一个星期和你纠结这点儿快递费？如果她工作充实忙碌，收入不错，你打死她她都不愿意这么浪费自己的时间。现在她有的是时间和你耗，你想为了这点儿快递费和她耗上一个月吗？这一个月你能做多少营业额呀！你亏不亏呀？"

粉丝觉得我说得有道理，但内心还是有点儿不忿，说："那遇到这样的人，我只能认栽吗？我就是觉得太便宜她了，她只要耍耍无赖，目的就能得逞。"

我说："你换个角度想一想，她真的占到便宜了吗？她真的没有受到惩罚吗？老天让她成为这样的人，就已经是对她最大的惩罚了，因为她这辈子都不会有钱。你只是损失一点儿快递费，她损失的东西可多了，比如做人的骨气和尊严，比如她这样的金钱观对她的孩子的影响，等等，哪点不比快递费来得重要啊？！"

粉丝终于释然了。

我是个爱观察的人，这些年一直在总结那些成功的人靠什么方法，失败的人又都有什么样的特点。

我发现成功的人大多很大气，这种大气主要表现在金钱上。他们愿意让利给别人，愿意吃亏，不太计较小得小失，给别人的印象就是值得交往，值得信任，最终他们的事业越做越大。

而失败的人，大多败在为人处世上，尤其是对待金钱的态度上。他们每天算计，只要没占成便宜就觉得自己吃亏了，占到便宜就觉得自己很聪明、很厉害，每次都让别人花钱，自己毫发无损，却不知道自己失去了更多东西。

他们甚至不知道自己为什么穷，为什么人缘差，为什么过得不好。

其实古人早就告诉我们了：财聚人散，财散人聚。

"当我放弃改变老公，
令人惊讶的一幕发生了……"

有一次，我和先生一起参加一个聚会，席间先生对我非常周到。一位大姐暧昧地凑近我，要我分享一下如何把老公"培养"得这么好。

我失笑道："他本来就是这样子的，我从来没有'培养'过他。"

大姐不信，说："男人都是需要教的，哪有天生就懂得体贴老婆的？再说了，你可是著名的两性情感作家，肯定比一般人更懂得经营婚姻，是不是有什么秘诀不肯分享哪？"

我摇摇头说："真的没有，我每天都很忙，哪有时间去琢磨这些事啊？我每天忙自己的事情都忙不完了。"

大姐见问不出什么秘诀来，开始和我倾诉她的苦闷。

她说她老公是做生意的，家里经济条件不错，钱肯定是不愁花的，就是老公太强势了，对她很没耐心。有时候她问他今天干了什么，他会很不耐烦地说告诉她她也不懂；有时候她让他早点儿回家，他说天天待在家里，钱从天上掉下来吗？甚至连她关心他，让他少抽烟喝酒，他都不高兴，觉得她在管他，说男人在外面应酬很正常。

总之就是大姐老公和她基本没话说，多说两句就不耐烦了。大姐虽然衣食无忧，但内心无比苦闷，不知道该如何改变老公对自己的态度。

其实我一听就知道他们的症结在哪里了，在她自身没有任何改变的情况下，她想要老公改变对她的态度，这基本不可能。在她老公的观念里：家里的钱都是我赚的，我让你在家里享清福，你就应该做一个有眼色的人——我需要你的时候，你出现；我不需要你的时候，你最好做一个隐形人。

两个人的家庭地位完全不对等，明明她自己处于劣势，还想让对方改变对自己的态度，这无疑是空想。

说实话，二十来岁的时候，我也看过不少两性相处秘诀之类的文章，觉得有些招数确实不错。

我希望自己是个经营婚姻的高手，先生能够爱我长长久久。

但到了三十出头，突然有一天我就醒悟了。

女人为什么要天天想着经营婚姻，改造男人，累不累啊？

为什么女人不把这些时间和精力用来提升自我呢？经营婚姻还需要对方配合，提升自我只要自己配合就行了，哪个成功率更高？肯定是提升自我呀！

其实我很少去经营婚姻，更别提去改变对方了。

大家都是成年人，很多观念、习惯早已成型，哪怕自己要改，还千难万难，克服不了，何况还是被别人逼着改呢？

所以，我很早就放弃了改变对方的念头，改变自己是神，改变别人是神经病。

最关键的是，想要改变对方的人，往往觉得过得不爽，处于下风。

我打个不恰当的比喻，一位长工对地主说："我觉得你对我的态度不够亲切，希望你改变。"地主会满足他的要求吗？地主只会觉得：你脑子是不是不正常，你居然叫我改变？

在婚姻生活中，想要老公改变的女人，基本都是在家收入低，处于被动的那一方，然后她们到处向人求教想要学习如何经营婚姻，如何提高情商来改变局面。

也许她们说话软一些，处理事情时情商高一些，确实能改善一些情况，但依然治标不治本。

我记得两年前有位学员，她跟我学习最大的目的就是促使老公改变。结果我告诉她的第一句话是："成长比经营更重要。"

这句话太打击她的理念了。她说："晚情姐，我没有其他需求，就是想改变我老公。我目前的生活中就这一个问题。"

我给她现身说法，说："你看我从来没有琢磨过这些事，但我的婚姻是不是很幸福？你看我有改变老公的想法吗？你自己成长好了，他就会跟着改变。哪怕他不改变，你自己也越来越好了，是吧？"

当时她没有别的办法，又觉得我挺厉害的，还是决定和我一起学习。

一开始她学得并不专心，因为关注的事始终是如何改变老公——老公哪里让她不满意了，她就能内耗两三天。

后来我给学员们准备了二十本书，让她们一本一本地看下来，并且看完每本之后写心得。

大概看到第三本的时候，她渐渐爱上了看书，说在看书的时候内心特别宁静，写心得也写得越来越认真，越来越言之有物。

才半年她就很惊喜地和我分享了一件事，说因为这半年来她经常看书学习，孩子也有样学样，养成了看书的习惯。别的孩子每天捧着手机，她的孩子经常看书，年底语文成绩考了满分，还进了班级前五名。

老公破天荒地夸奖了她，说这半年来她把孩子带得很好，为了表示对她的感激特地买了条项链送给她。

她开心死了，说老公已经三年没有送过她礼物了，更别提这么郑重其事地夸奖她了，觉得这种感觉太好了。

有了正向回馈，后面基本不用任何人督促她了。她每天早早地就起来学习，还以自己的经历积极影响别人，带动其他姐妹一起成长，热情地和高能量的人结交。

后来她还找了一份工作，一年时间不到就连升三级，成为行政经理。

再说说她老公的变化，自从她老公看到她飞快成长后，对她的态度越来越好，有什么事都是第一时间和她商量，很尊重她的意见。每逢她生日、结婚纪念日，都会给她准备礼物，还隆重地给她过生日。她老公开玩笑地说："原来我老婆是个宝，以前怎么没有发现？都怪我有眼无珠呀！以后我一定要对咱家宝贝好一点儿，以免被别人抢走了。"

两个人仿佛回到了热恋时期。现在，孩子越来越优秀，老公越来越体贴，自己工作也很顺利，她说从来没有想过人生还有这么圆满的一天。

今年过年，她给我寄了很多他们那里的土特产，开玩笑说："吃水不忘挖井人，多谢晚情姐挽救了一个中年妇女，没让我在错误的道路上越滑越远。"

很多女人在婚姻中遇到老公表现不好时，第一反应就是去改变他，觉得是他表现不好，去改变他不是很正常的事吗？

但是她们没有想过，为什么他会表现不好？

当初恋爱前，他表现得肯定不错，不然你也不会和他恋爱；结婚前他表现得肯定也不错，不然你根本不会和他结婚。

那什么时候他表现得才越来越不好了呢？就是他觉得你的价值越来越低，失去你的成本越来越小时，才会渐渐表现出不好的那一面。

当他发现你越来越好，越来越有价值时，就会越来越害怕失去你。当他担心你可能离开他时，他肯定会表现得越来越好，哪里需要你挖空心思地到处请教改变老公的秘诀。

当你放弃改变老公，把重心放在自我成长上时，改变其实已经开始了。

那位两百斤的胖姑娘，
让我懂得了另一种人生

2021 年末，我开始出镜做短视频，很多老读者对此非常支持。但做了两个月后，我经常收到一些新读者的谩骂，骂我的内容都是：你打了多少瘦脸针哪？你削骨了吧？

我有点儿哭笑不得。我到底哪里长得像整过容了？削骨这种事我也只是听说过，就是打死我我也不敢去做呀！

我一个闺密是国内很有名的美容医院院长。

以前她经常游说我："我免费给你做，保证你比现在好看很多。"我都忙不迭地摆手，说："我反正不去做明星，要那么好看也没用。我不敢。"

我们做了十年闺密，只要见面她就游说我，我都不为所动。

我倒也不是真的特别排斥这些医美手段。我和闺密说："你现在别游说我了，等我快六十岁的时候你再帮我弄吧。反正那时候我都老了，即使有什么后遗症？也无所谓了。"

那么，新读者骂我到底是怎么回事呢？

我原本是非常清瘦的人，不过因为是圆脸，哪怕很瘦的时候，脸上看着也不会特别瘦，后来生孩子又胖了十几斤，于是我的整张脸就显得圆滚滚的。

拍过照片和视频的人都知道，一个人在生活中属于微胖的话，到了镜头前就肯定很显胖。

最终，在拍出的视频中，我就有着一张肉乎乎的圆脸。老读者们看见后纷纷称我像福娃，一看就是吃得很好。

我也知道大家都是因为喜欢我才这么说，没有恶意，可看着镜头前这么胖的脸，还是有点儿难以接受。但我一直有个习惯，就是喜欢晚上边写文章边吃东西，什么时候写完，就吃到什么时候，所以一直瘦不下来。

正在这时，一位朋友约我。见面后我发现她比之前瘦了很多，整个人看起来又漂亮又精神。

她说她现在只有九十几斤了，拍照那个好看哪，线条都出来了，然后她看了我的视频后说："亲爱的，你也减减肥吧！你会发现减肥后整个人的状态都不一样了，怎么看怎么好看。"

我受了刺激，当即决定减肥。一开始我没什么信心——因为我这个人是个吃货——不让我吃东西我就特别难受，估计有烟瘾的人会比较了解那种感觉。

我怕自己坚持不了，就对团队的小伙伴说："我会在两个月时间内减掉十斤，如果没有做到，就给你们发一万块钱的红包。"

她们起哄说："那我们肯定拿不到红包，你这么自律。"

于是，我正式开始了减肥的路程。原本我以为很难做到，但真的开始减了才发现，也就前两天比较难忍，后面很快就习惯了。

原本我每天从早上睁眼吃到晚上睡觉，减肥后，先取消了水果和零食，因为糖分太高，主食也不吃了，热量太高，每天只吃菜，晚上八点以后除了喝水什么都不吃了。

大概我原先吃得太多了，仅仅一个星期就轻了五斤，一个月不到，我就减掉了十斤。我这个人胖了第一时间显在脸上，瘦了也第一时间显在脸上。

再拍视频的时候，我发现自己的脸整整小了两圈，前后对比特别明显，才有了新读者骂我整容这事。

有人说减肥堪比整容，估计说的就是这种情况吧！

我在直播间里和大家打趣："如果我真的去削骨了，难道不需要恢复期，还能天天拍视频和你们直播聊天吗？你们想想就知道这不可能呀！有谁的医术好到让人整容后连恢复期都不需要的？"

她们想了想，好像确实是这么回事，然后就对我减肥的事产生了强烈的兴趣，非要我分享方法和心得。好多读者说自己也想减，但就是减不下来。我还特地录了一个视频，和她们分享了我的减肥心得。

诚如我那位朋友所说，减肥后，看着自己越来越苗条的身材和渐渐露出的曲线，整个人都会觉得很欣喜、很满意。

但从此那种小龙虾啊，卤味啊，零食啊，就彻底和我拜拜了。

满足了口腹之欲，你就要接受自己越来越胖的事实；想要控制自己的体重，你就要管住嘴巴。

鱼和熊掌不可兼得，就看你更在意的是哪个了。

我还有一位朋友，身高和我差不多，但体重高达一百八十斤，最重的时候甚至到了两百斤，她的经历比我精彩多了。

从小她就爱吃，一吃就停不下来，最后把自己吃成了一个小胖子。小时候还不觉得有什么，当她情窦初开时，就发现这么胖不行了。面对自己喜欢的男生，她看看自己的体形，连抬头看他的勇气都没有。

最后她决定减肥。因为家里条件挺好的，她用过很多方法，去机构减肥，去抽脂，请私教，几乎把所有能用的办法都用上了。

最瘦的时候她大概是一百四十斤，但无法坚持，瘦一段时间就胖回去了，倒是吃了不少苦头。

最后她恼了，心一横，再也不减了，说不能让自己的人生变得这么无趣，胖就胖点儿吧，难道胖子不活了吗？

从此以后，她该吃吃，该玩儿玩儿，再也不提减肥的事了，心态好得"一塌糊涂"。她的座右铭换成了："做一个快乐的胖子。"

虽然她失去了她的"爱情",用她自己的话说:"即使我很瘦他也未必喜欢我。那我不能既失去爱情,又失去美食呀,还让不让人活了?"

后来,她遇到了另外一个胖胖的男生,两个人谈了一场吃货的恋爱。我每次看到她,她的手里总拿着一袋吃的东西,日子过得快乐而没心没肺。

我特别喜欢她,看到她的第一件事就是扑上去抱她。

她总是笑得无比开心地问我:"手感怎么样?是不是很肉?我就知道你喜欢胖子。"

我说:"不是的,我喜欢的是快乐的胖子。"

在她身上我学到了一件事:如果你对自己不满意,那就努力去改变,但如果改变不了,就接受现在的自己,做一个快乐真实的人。

我在现实生活中遇到过无数人,他们对自己的现状并不满意,但从来没有想着去改变,就是一直不满意下去,自我否定,自我攻击。

如果你真的对自己很不满意,那么哪里不满意就改变哪里,如果改变不了,就接受现状,做一个快乐且心态平和的人,照样会有很多人喜欢你。

但一个既不肯改变,又不肯接受自己,活得无比拧巴的人,是没有人会喜欢的。

决定离婚的那晚，

因为老公的一句话，我放弃了离婚……

两年前，我因为找店面认识了一位大姐。

当时我和几位闺密打算合开一个会所，兴冲冲地看了很多店面。虽然最后大家因为"好朋友一起做生意，很容易连朋友都没的做"而放弃，但我和张姐就是这样认识的。

当时她手里有一个店铺打算出租，面积挺大，有近一千平方米。

大家都觉得一开始就租这么大的店面风险太大了，而我从小生活在小县城，就喜欢大房子、大铺子。

那个店铺坐落在我们这里最高档的一条街上，法式风格，光看外面就很气派，所以我就非要看看、谈谈不可。

虽然最后没有租成店面，但我们加了微信。她知道我是个作家，对我特别热情，说自己做了这么多年生意，生意人是认识了不少，文人可是第一个。

之后，她经常会在我的朋友圈下点赞、留言。渐渐地，我也知道了她的一些故事。

她说生活里是有不少朋友，但大多是合作关系，大家金钱至上，也说不了什么心里话，偶尔和我这个情感作家聊两句，更能说到点子上。

张姐比我大十岁，很多年前就辞职自己做生意了，做过服装、美容行业，代理过品牌。

她头脑清晰，做事干练，干一行赚一行，渐渐地，积累了数千万家产。

孩子已经被送去美国念书，成绩不错；公婆也挺好的，身体健康，不折腾儿女——在别人眼里，她的生活已经非常完美。

但是，在这么多完美的因素下，有一样很不完美，那就是她的老公。

张姐说："我老公这个人无趣得很，三棍子打不出一个屁来，跟他生活真是没意思透了。"

最让她受不了的是老公没有上进心。这么多年他一直在一家公司上班，拿到的工资都不够交物业费的。

她好几次叫他辞职和她一起干，他都不愿意，说自己不是做生意的料，还是安安稳稳地上班比较好。

一开始张姐也随他了，觉得老公确实不是那块料。可是渐渐地，她心里就开始失衡了。

尤其是她看到了身边很多女性朋友做事业的，大多是夫妻一起努力，或者老公可以分担很多事。

可是自己的老公除了会帮忙带带孩子，做做家务，什么都不会，而这些事，请个保姆就都可以搞定了，她真的越看老公越觉得一无是处。

前不久张姐在生意上遇到了一点儿事，很闹心。她一个人处理，不断打电话。那一刻她觉得特别累，很想有个男人可以替自己处理这些事，让自己喘一口气。

也是那件事让她动了离婚的念头。

她说："很多人说我是女强人，其实这世上再强的女人也有做一个小女人的需求，只是靠不上男人了，只好自己变强，但心里还是失落的。"

那一次她很生气、很累。因为是上游不靠谱才导致出现问题，而她面对下游，只能承担责任，还得承担对方的怒火，真的是心力交瘁。

她在家里情绪低落、疲惫不堪时，老公却只会说一句话："你别多想了，事情总会过去的。"

她觉得这句话太苍白无力了。难道她不知道事情会过去吗？她想要的是有人能够暂时替她挡一挡这些问题。

所以她很不耐烦地说："你闭嘴吧！"

结果对方真的闭嘴了。

张姐很火大："叫你闭嘴你就闭嘴了？你就不能好好安慰我一下？"

老公很无辜地说："你不是不想听我说话吗？那我就不说了。"

张姐很无力，突然觉得这样的婚姻让人很窒息。她觉得每次看见老公，心里的火气总会翻倍冒出，所以离婚的念头就渐渐滋长起来。

人一旦有了某个念头，就很容易让其快速发酵，张姐也是如此。

但她还是有点儿犹豫，倒不是多爱老公，而是这些年来自己挣下了很多家业，这些都是婚后财产，如果离婚，就得一人一半。

这一点对她来说才是心痛和肉痛的事。

她说："如果他愿意净身出户，我分分钟和他离婚。"

后来有一天，老公又不知道哪里触怒了"龙颜"，她下意识地就说："离婚吧，我再也不想过这种日子了。"

起初老公以为她是随便说说的，但张姐不是。虽然一开始挺纠结，但话出口后，她反而觉得轻松多了，剩下的就是财产分割的事了。

那天晚上，张姐在家里打算和老公好好谈谈。她已经想好了，财产一人一半是不可能的。这些家业都是她挣的，老公才赚几个钱？

　　所以她打算好了，分他一套房子、一间铺子，还有一笔存款，其他的东西他最好不要想。

　　当张姐试探性地提出这个分割方案后，老公说不想离婚。张姐冷哼了一声，说这是她已经决定了的事。

　　老公没再说什么。在这个家里，一向是张姐做主的，但对张姐提的财产分割方案，老公还是摇了摇头。

　　张姐嘲讽地说："那你说说看，你到底要多少钱？"

　　老公却说："我不是过大日子的那种人。这些年知道你要强，对物质生活有很高的追求，我也尊重你。家里的东西我一样也不要，都给你吧。我每个月花不了多少钱，而且也有工资。"

　　张姐有些愣神儿，这些年在外面经历的尔虞我诈的事多了，越来越不相信人性了。她不敢相信老公的话，确认道："你真的不要？以后你也得过日子的。"

　　老公伤感地说："我知道这些年你对我是不满意的，觉得我拖了你的后腿。我也没什么可以为你做的事，给你自由和财产就当是我为你做的最后一件事吧。"

　　本来张姐已经做好了打离婚战役的准备，结果准备了那么久，真的出手了，却好像一拳打在棉花上一样。那天晚上她动摇了，给我发信息说："为什么我突然有点儿不想离婚了呢？"

　　我说："很正常啊，其实你老公人挺好的，只是我一向尊重别人的选择，所以什么都没有说。"

　　张姐说："那你说说我老公有哪些优点？"

我说:"可多了,他自己不喜欢创业,但是你喜欢,就一直尊重你。不是他不肯帮你做事,而是自身本来也没有这个能力。

"他脾气好。其实你挺强势的,如果换个男人,可能你们天天干架,但是他会一直包容你。

"他为人宽厚。你看有多少男人离婚时,恨不得老婆净身出户,他却愿意自己净身出户,而且他可不是过错方。

"其实婚姻哪有十全十美的?你想想看,你当初之所以选择嫁给他,不就是觉得他宽厚靠谱吗?结果你现在又嫌他不够能干,不够八面玲珑。"

我一直觉得婚姻中的男女最大的一个特点就是:男人总希望女人结婚后不要改变,最好一直像婚前,但女人恰恰相反,总希望男人结婚后有所改变,变成自己理想中的样子。

而事实上男人结婚后往往不会改变,女人结婚后却会变很多,这种错位才是很多婚姻问题的根源,所以才有一句话:"不忘初心,方得始终!"

我们接受一个人,远比改变一个人来得更容易。

我拒绝了朋友借钱的要求以后……

我一大早就收到了一位粉丝的求助。她说她有一个关系很好的发小儿，最近发小儿想买房子，首付款不够，想问她借二十万。

而她自己和老公在外地工作，房子是租的，也想买套房子，只不过一直没有遇到合适的，所以钱还放在手里。

现在她很纠结，发小儿说有钱后会立刻还她的，但是发小儿什么时候会有钱呢？谁也不知道。万一发小儿一直没钱的话，那不是一直还不上吗？

但是如果她不借的话，发小儿肯定会不高兴，那二十几年的关系估计就要终结了。她这几天吃不好睡不香，不知道该怎么办呢，就想找我拿个主意。

但这种事情我怎么拿主意呢？我不了解她的发小儿的性格和

人品，哪里知道对方会不会还钱？如果主张不借，万一她和发小儿闹掰了，我也担不起这责任。所以我说："这种事情你自己决定吧！没有对错，就看你自己的取舍呢！"

其实借钱这种事，几个月前我也遇到过一次，所以特别理解她的想法。

当时我正在写作，接到了一位朋友打来的电话。她说她有一笔应收款收不回来，公司资金周转出现了问题，想找我借钱，两三个月后还，问我能不能帮忙。

我接到电话后，心情顿时一落千丈。

这位朋友是我两年前认识的，我们三观非常契合，这两年来接触得挺多，可以说相处得非常愉快，平时也是有来有往，她也是这几年来我遇到的很谈得来的朋友之一。

如果不是她突然找我借钱，我觉得我们接下来就要慢慢发展成闺密了。

接完电话后，我没有心情写作了，一个人在院子里走来走去，内心激烈地斗争着。

我要是借吧，她要的这笔钱数额太大，如果她没有如期还我的话，对我而言是一个灭顶之灾。

我要是不借吧，这是人家第一次向我开口，平时我们关系又那么好，结果一谈到钱我就直接拒绝了她，好像有点儿无情。

我足足考虑了两天，想了很多：如果不借钱的话，给对方一个什么样的合理理由，让她知道我有什么样的苦衷，她才不会怪我。

实话实说，我那两天主要考虑的就是如何不借钱又不伤情分。如果我想借钱给她的话，完全不会纠结，直接去银行调集资金就行。

想了两天，我有点儿烦了，觉得这件事情要速战速决，不然的话自己都没有心思做其他事了。我也不想再找什么借口，打算直接告诉她我的想法。

因为这笔钱对我来说确实太多了——我承担不起万一她没有还上的后果。我吸了一口气，主动打电话给她，告诉她她要的这笔钱对我而言实在太多，如果出现问题的话，我根本扛不住，所以不能借给她。

我当时已经做好心理准备了。如果她因此怪我，甚至我们关系疏远的话，我都接受。

结果她很真诚地说："晚情，其实给你打完电话我就后悔了，我不应该对你开口的。我知道要借这笔钱对你来说压力肯定不小，我另外再想办法吧，你不要有任何心理负担，以后我们该怎么相处还怎么相处，就当没有这回事好吗？"

我大大松了一口气，和她闲聊了一会儿。

但之后一段时间和她相处，我确实有点儿别扭，反倒她落落大方，像是完全没有发生过这件事。一段时间后，我也恢复自然了，偶尔和她互赠小礼物，有什么小忙可以帮的也义不容辞，我们的关系很快恢复正常。

　　我设想过另外一种可能，就是我把钱借给她了，那么接下来的两三个月我肯定过不好，会每天去想这笔钱，直到她还我为止。

　　假如到了时间她没有把钱还我的话，我估计会像热锅上的蚂蚁一样寝食难安。

　　所以，我认为自己拒绝借钱给她是正确的。不管谁找我借钱，如果那笔钱超出了我的心理承受能力，那么我肯定要拒绝。

　　当然，这结局算是比较圆满的，我没有借钱，我们的关系也没有受影响，等于我什么损失都没有。

　　这些年，除了极少数关系特别亲近的人以及帮过我的人，我基本已经很少借钱给别人了。

　　当然，以前我也借出过一些钱，有的人把钱还给我了，有的人到现在也没有还。但是那些钱对我而言并没有影响我的生活质量——如果不是现在写文章，我根本已经想不起来了。

　　所以我借钱给别人有一个很重要的原则，就是我借出去的钱不能让我心疼，不能让我一直惦记。就是哪怕对方不把钱还我，我也无所谓，那就可以借，如果不符合这个条件就不能借。

　　很多人有过这样的经历：当亲戚或者朋友开口向自己借钱时，其实自己内心一万个不愿意借，但不知道如何拒绝，又怕关系破裂，最终还是不情不愿地借了。但将钱借出去后，对方并没有如期归还，自己纠结了很久，琢磨了各种要钱的理由，最终小心翼翼地开口了，结果对方还很不高兴，钱没有要回来，关系也破裂了。

所以越来越多的人得出一个血的教训：千万不要借钱给别人。

从这个角度来说，确实不借比较好。如果你没借，关系破裂了，起码你的钱还在；如果你借了，最终对方没还钱，关系还是得破裂，钱也没有了。

自己经历的事情多了，以及看别人的案例看多了，关于借钱这件事，我也想明白了。

如果一个人和你关系好到真的可以彼此完全信任的地步，当他向你开口借钱时，你会想也不想地借给对方。这种人大多和你认识已经十几二十年了，关系非常铁，那么将钱借出去后你不会忐忑不安，只会关心朋友是否渡过难关了。

如果你需要左思右想，反复斗争，说明你内心是不愿意借钱的，既然不愿意，那就不借吧，说明你们的关系还没有到那分儿上。

还有一个更扎心的真相：会还钱给你的人，哪怕你没借，他也不会记恨你，因为善良的人总会换位思考；而会记恨你的人，往往不会还你的钱，因为他心里想的只是自己的要求有没有得到满足。而一个不在乎你的人，不还你的钱的概率是相当高的。他不在乎你，自然也不担心失去你。

那对双胞胎姐妹花的不同人生

我认识一对双胞胎姐妹花，姐姐长得很普通，衣着打扮也很朴素，妹妹却十分漂亮，打扮也时尚。后来我才知道妹妹陆续整过容，所以姐妹俩看起来一点儿也不像。

姐姐从小学习就很努力，长大后考上了双一流高校，毕业后面试进了一家大型公司，从实习生开始干起。

她工作认真踏实，热爱学习，给领导的印象不错，很快就转正了。

后来另外一个部门的一位外地小伙子追求她，她觉得小伙子人不错，两个人一起努力，以后应该会越过越好，就和对方确立了恋爱关系。

妹妹走的路却完全不同。她从小就不喜欢学习，可脑子很活络，觉得漂亮才是女人最大的资本，所以大学都没有考上，就直接出来赚钱了。

她赚到钱后就去整容，眼睛、鼻子、嘴巴、牙齿，一样样整了过来，确实越来越漂亮。她身边请她吃饭、送她礼物的男人大把大把的。

她身上背的包包全是大品牌的，出入的都是高消费场所。她有一条自己的交友标准："开宝马以下档次的车子的男人，一律拒绝。"她不想把时间浪费在这些没钱的男人身上。

对姐姐交的男朋友她是一万个看不上——男人是外地人就算了，连房子和车子都没有。这样的男人，怎么可能让女人幸福？

所以她劝姐姐现实点儿，直接找个有钱人，也不用陪对方吃苦受罪。姐姐说："我知道自己的斤两。我就是一个普通女孩儿，有钱人凭什么看上我？只要对方有能力，有上进心，两个人一起努力，也能过上好日子。"

她还反过来劝妹妹，不要消耗自己的青春，应该静下来好好沉淀自己，然后找一个值得托付终身的男人，不要老是游戏人生。

姐妹俩的三观完全不同，两个人说到最后往往话不投机半句多，不欢而散。

就这样，姐姐嫁给了这个外地的小伙子。婚后两个人一起努力，省吃俭用，差不多用了三年才攒够首付款，在这座城市买了一套小的两室一厅的房子，总算有了自己的家。

搬进新房子的那一天，姐姐兴高采烈地邀请妹妹来参观。

妹妹却把姐姐拉到了一边："姐，你也太容易满足了，这么一个鸽子笼也值得你高兴成这样？以后你们有了孩子，请个阿姨都没地方住。你呀，就是太傻了，当初你要是听我的话直接找个有钱人，这时候没有别墅住，起码也有套大平层。"

姐姐的高兴劲儿一落千丈，她说："我不喜欢坐享其成，而是喜欢自己奋斗得来的东西，起码心里踏实。"

妹妹觉得姐姐就是个榆木脑袋，有福不会享。妹妹立志一定要嫁给有钱人给姐姐看看，让姐姐知道自己的想法才是对的。

就这样，妹妹不断寻找有钱男人谈恋爱，不知道是运气不好还是咋的，真正的有钱人会约她吃饭，也会送她礼物，但基本没有下文。她还遇到了好几个假装有钱的男人。

就这样，妹妹的年纪渐渐大了起来，她越来越着急。她知道女人的青春就这么几年，如果不在三十岁之前把自己嫁出去，未来嫁给有钱人的机会就很渺茫了。

但越心急越容易出问题，她不但没有找到有钱人，还被男人骗了两次。

姐姐劝她："不要好高骛远了，老老实实地找个靠谱的男人嫁了，好好过日子。有钱人家讲究的是门当户对，我们就是普通小门小户出来的女孩儿，哪里高攀得了？"

但妹妹哪里愿意听姐姐说的这些话，坚持要嫁一个有钱人。

这一晃，又过去了好几年。

这几年来，姐姐和老公一起奋斗，早就把小居室换成了两百多平方米的大房子，还有了一个可爱的儿子。老公经过这些年努力奋斗，已经做上公司总监，管着很大的一个部门，姐姐这些年因为生孩子等事，事业略落后，但也坐到了副主任的位置，而且夫妻俩不过三十多岁，未来还有很大的发展空间。

他们还按揭购买了一套学区房，留给孩子未来上学用，小日子过得蒸蒸日上。

而妹妹这些年一个男朋友都没有谈成，除了有一堆包包、衣服和首饰，竟什么都没有了。

她原本以为把自己整漂亮就行了，但真的到和男人谈婚论嫁了才知道，有钱人家的要求可高了，自己连大学文凭都没有，工作也拿不出手，除了一张人工雕琢的脸，根本没有拿得出手的东西。

很快，两姐妹都快到四十岁了。此时姐姐的老公已经是公司副总了，姐姐也升成了主任，家里的房子换成了联排别墅，车子是百万级的，家务有阿姨做，过的竟是妹妹最向往的日子。

但妹妹已是将近四十岁的年纪，怎么可能有这种条件的男人看上她呢？

最后，她还是在姐姐、姐夫的牵线下，嫁给了一个离异没有孩子、经济条件还可以的男人，但这离她最初的目标自然天差地远。

她一直认为这辈子之所以输给姐姐，是因为姐姐命好，所以找了个外地男，最后人家还混成了副总，而自己努力了小半辈子，还是没有得偿所愿，就是时运不济。

她不知道，像我们这些普通人想过上好日子，必须付出比其他人更多的努力，吃更多的苦，才能过上自己想要的生活，而不是提前享福，透支未来的人生，那么以后只会越来越苦。

而她姐姐对自己所在的位置有清晰的认知，不去高攀别人，选择了一个可以和自己一起奋斗的男人，两个人一起努力，加快了进阶的速度，用十几年时间过上了妹妹想过的那种人生。

而且，就算她妹妹如愿嫁给了有钱男人，日子也无法和她相比。因为她是通过自己的努力，和老公共同创造了后来的好日子。她不是享了谁的福，本身就是创造者之一，在家里的话语权和重要性是无须多说的。

而她妹妹是打算靠婚姻实现这个目标，本身并没有创造这些价值，也就是说这些东西是别人给她的，那既然是别人给的，别人也有可能收回。

以她妹妹的观念，真的嫁给有钱人后，不会想着提升自己，而是会不断拿钱让自己变得更年轻漂亮，但美容技术毕竟有限，她不可能真的越来越年轻。届时，她既比不过外面更年轻漂亮的姑娘，又没有充实的头脑，还没有陪男人一起奋斗的情分，有什么地方值得对方长长久久地把心留在她身上呢？

她的人生的风险系数无限高呀，只是她自己没有意识到而已。

人生其实很公平：你选择了踏踏实实地奋斗，未来也会睡得安安稳稳；你选择了投机取巧，未来就可能不过是一场海市蜃楼。

第一次去男朋友家，
未来婆婆连门都不让我进

做视频以后，我几乎天天化妆，每天和化妆师得待将近两个小时，一段时间下来，我们就混得很熟了。

化妆的时候没法做其他工作，我就听她给我讲他们行业里的故事。昨天她和我讲了她以前的感情经历。她讲得云淡风轻，我听得气愤不已，问她："没有反击回去吗？"

化妆师是个小姑娘，从偏远省份的农村出来的，为人勤快朴实，我们相处得挺好。

昨天她突然和我说："其实我对你们这个地方的人的印象不太好。这里的人太势利了，但你还是挺好的，不势利。"

我笑着问她："我们这个地方的人怎么你了呀？我觉得很多人不错啊！"

她说："那可能你是本地人，没有感受到。我是外地人，所以感受比较明显。"

然后，她就和我讲了她的遭遇。

几年前，有个男生一直追她，对她非常好。她一个人在外地，有时候也觉得很孤独，很想有个人给自己温暖。大概一年后，她接受了这个男生。

男生是本地人，家里条件不错，性格也很温和。当时她觉得自己很幸运，可以在当地成家，男方条件也不错，以后日子应该能过得挺好的。

就这样，两个人谈了大半年，男生提议带她去见见父母。她挺高兴的，这说明男生对她是认真的。

去之前，男生告诉她，他妈妈希望他找个本地老婆，希望她好好表现，得到他妈妈的喜欢。

于是，她精心准备了见面礼，心怀忐忑和憧憬地上门了。

她设想过种种可能场景，比如男朋友的妈妈对她很冷淡，比如男朋友的妈妈觉得她很朴实，很喜欢她，又或者男朋友的妈妈对她很客气。

可最后的局面，超出了她的想象。

男朋友的妈妈连门都没有让她进，就在门口冷冷地看着她说："你不用进我家的门了。我知道你们这些外地小姑娘就想着找个本地人，过上有房、有车的日子，自己不用再奋斗，但是我儿子绝对不娶外地人，所以我不会让你进门的。拿着你的东西走吧，我不稀罕。"

虽然是前尘往事，但是她和我说起的时候，我还是能明显感觉到她的那种羞耻和委屈感。

顿了顿，她继续说："有些话她是用普通话说的，有些是用方言说的。我不是全部都听得懂，但知道她在说我，应该说得挺难听的。"

我气愤地说："那你怎么办的？"

她说："我不怎么办哪。她不喜欢我，我也没办法。"

我忍不住翻了个白眼："你也太好欺负了。如果换成我，我直接怼得她抬不起头来。她以为自己是皇太后选妃吗？就是一个普通家庭，整得自己是世家豪门似的。哪怕她儿子是人间极品，只要有她在，都得孤独终老。"

她"扑哧"一下笑了："我没有你这么好的口才，当时一句话都没有说。其实她说我什么我真的无所谓，让我失望的是这个男的。之前追我的时候，说永远不会让我受委屈的，以后一定会对我好，但是他妈妈这样说我的时候，他一句话都没有说。后来可能他妈妈说得实在太难听了，他才说了一句'你不要这样说她'。那时候我对他特别失望，回去后就和他分手了。他还给我发消息、打电话，我都没有理他。"

我拍拍她说："想不到你修养这么好，居然一句话都没回，要是我的话，我得把这对母子羞辱到后悔遇见我。你是花他们的钱了，还是吃他家的米了？他们有什么资格羞辱你？不过也好，这种人家你早知道早好，要是嫁过去，那才是灭顶之灾！有福之女，不入无福之门。"

她听了这话也开心起来："我觉得你说得很对。当时我确实挺难受的，觉得我不差在哪里啊。我确实不是本地人，但什么都会干，收入也可以。她和我都没有相处过，就说我图他们家的钱。不过我现在很高兴，因为分手后遇到了现在的男朋友。他对我很好，一点儿都不'妈宝'，很尊重我，让我觉得很轻松。关键是他的父母很喜欢我，觉得我很懂事、很勤快。他们说现在的女孩儿都娇滴滴的，可是我洗衣、做饭、打扫卫生，什么都会做。他们觉得我很独立，一个人在外地挺不容易的，很关心我，还让我男朋友多照顾我。我现在特别庆幸，幸亏和前面那个人分手了，女人还是要找人品好一点儿的家庭。"

我突然很想抱抱这个用心生活的姑娘，尤其佩服她当断即断的干脆性子，而不是忍着对方的嫌弃，还和对方藕断丝连。她说之后那个男的足足找了她半年，她一直没有理他。后来他说他妈妈觉得第一次对她太过分了，有点儿内疚，她也没有理会他。既然他们分了，以前的一切事情就都不重要了。

这让我想起了另外一位读者的故事。因为她婚前就和老公同居了，婆婆觉得她行为不检点很看不上她，对她非常冷淡。但她还是努力讨好对方，一大半工资都是拿来给婆婆买衣服、首饰、各种补品。最后他们终于谈到了结婚，婆婆借口疫情不办婚礼，自然也没有三金首饰、彩礼等——其实那段时间疫情已经被控制得很好，其他人家都在办婚礼，而她只能接受这一切，想着以后慢慢会好的。

但是婚后的日子更难熬，婆婆挑三拣四、刻薄难缠，老公在婆婆的影响下对她也越来越差。前几天，她和我说她感觉自己有了抑郁症，老觉得活着没意思。我劝她不要做傻事，她可以离开这个家庭，何必拿自己的生命开玩笑呢？

她又不愿意离开，说也许自己就这命吧！

于是我知道，她只是在过不下去的时候，想找人吐吐槽而已，但过后该怎么样就怎么样，哪怕谁有心帮她，她也不会把自己的手给别人。

所以我特别喜欢那种在遇到不好的人时懂得及时止损的姑娘。这些姑娘都是有大智慧的，舍得舍得，有舍才有得。放弃一段不好的感情，放弃一个不值得的人，没什么好可惜的，相反，你要庆幸有及时离开的机会，未来才能遇到更好的人。

如果你死死地抓着这个人，才是一生的悲剧。你不肯舍，就永远无法得。

我拉黑了那个让我闹心的顾客

某天晚上，一位学员给我发语音，语带哭腔，诉说了自己这段时间以来的遭遇。

学员是位宝妈，孩子只有一岁。双方父母都不能过来帮忙带孩子，她只能自己辞职照顾孩子。但她很上进，在带孩子的同时还报了不少课程，自己也在网上开了个店，赚点儿孩子的零花钱，一个月也能有几千的收入。

很多人羡慕她，见她既能带孩子，还有收入，觉得她的日子过得特别舒服。只有她自己知道，这钱赚得有多辛苦、多委屈。

她说有的顾客收到东西后不满意，不满意没关系，退回来就可以了，但很多顾客选择仅退款，就是钱要退，不肯把东西寄回来。如果她执意要对方寄回东西，对方就会威胁说要给差评，或者收到东西后说不满意，但不肯退货、退款，就是要"补偿"。

这样的客户时不时就会有几个，搞得她很闹心。如果不是大部分客户是好的，为了孩子能生活得更好，她真不想开这店了。

我说："他们是怎么下单的，是和你交流过的，还是自己直接就下单了？"

她说："大多客户是交流过的，问的时候就觉得对方不是那种好相处的人，盛气凌人的。"

我叹了一口气说："遇到这种客户你就不应该卖给他们呀！"

她愣了一下说："做生意肯定什么样的客户都有，哪有不做生意的道理呢？不是说要把最难伺候的客户搞定才是有水平吗？"

很多人认为，做生意的人都应该没有脾气，哪怕客户蛮横无理，也要笑脸相迎，哪怕对方咄咄逼人，也要点头哈腰，这才是一个合格的生意人，更没有把客户往外推的道理，和气生财嘛！

我早年在上海念书时认识一位朋友。他为高端客户提供咨询服务，我亲眼见识他拒绝了很多客户。我当时那个心痛啊，忍不住说："你干吗拒绝啊，这得损失多少钱哪？"

他笑着说："没什么好可惜的，我拒绝肯定有拒绝的道理。有的人是和我三观不合，有的人是要求不切实际——他付你一万块钱，就希望你帮他赚回一千万，但他自己又没有赚一千万的格局。和这样的客户合作最终肯定是不愉快的，这会成为我很大的内耗。我还不如一开始就拒绝对方，这样就可以用我的时间更好地服务其他客户。"

说实话，这是我最早接触的不是搞定客户，而是放弃客户的理念。

我刚开始创业时，身边的人都知道我清高，纷纷向我传授经验，什么"客户虐我千百遍，我待客户如初恋"。

平心而论，我创业的这七年里，遇到的客户有千千万万。当然，后期有了客服团队，并不需要我亲自接待，但我们经常开会交流总结。

我们这边的客户素质非常高，有的人甚至让我很感动，所以我经常交代小伙伴们："我们的客户和别人家的不同，他们不仅仅是客户，还有可能是我的读者、粉丝、早期的支持者。你们要做他们的朋友、顾问，不能随便推荐高价的东西，不能推荐不适合他们的东西，更不能拼命让他们买东西。不要觉得这会损失营业额，你们付出真心，最后就会收获真心。"

但创业这么多年，难道我遇到的每一位客户都非常好吗？这肯定也不现实，时间长了，客户基数大了，我肯定会遇到一些不讲理的人。

比如前不久，有位小伙伴很郁闷地问我："情姐，我们可不可以不卖东西给这个人啊？"

我问："怎么了？"

这位小伙伴是我们团队里很有爱心、脾气超级好的人。谁能让她这么郁闷，也挺不容易的。

结果她旁边的小伙伴迫不及待地说了起来，原来不仅仅是一位小伙伴接待了这位顾客，很多小伙伴也接待过她。

那这位顾客到底干了什么呢？

她第一次购买我们的玫瑰产品后，联系客服说："不好意思，我忘记自己对玫瑰产品过敏了。试用装已经被用了，我把正装退回去行吗？"

小伙伴当即同意了。

第二次她换了一个小伙伴，如法炮制。但毕竟我们的客服人员有限，一段时间后，大家就发现这位客户声称自己对玫瑰过敏，却天天购买玫瑰产品，然后再以过敏为由把正装退回来，小样就以开封过为由留下了。

大家都觉得奇怪，这位顾客既然对玫瑰过敏，怎么还一直买玫瑰产品呢？这不是明显来占便宜的吗？所以当她第 N 次这样干时，小伙伴说把正装退回来没问题，但小样的钱得被扣除。

这下顾客炸了，说："我用了你们的产品过敏还没有找你们要赔偿呢，你们居然要扣我小样的钱？！我可是晚情的粉丝，看了很多年她的文章了，她就是教你们这样对待顾客的吗？"

她还不小心说漏了一点，说她在其他大品牌店里都是这么干的，没有哪个品牌店和她计较。

小伙伴很郁闷，这段时间下来，损失了几百块钱，关键是闹心哪！但小伙伴们也不敢得罪她，一是怕万一没满足她的要求，她到处抹黑我们，二是怕她是我的读者，找我投诉她们，毕竟我一直交代她们要好好服务我的读者与粉丝。

我看完所有聊天记录后笑了："你们早该停止让她下单了，后台把她拉黑吧！她说是我的读者，看了很多年我的文章了，如果真是这样，连这种爱占便宜的毛病都没有改掉，也是白看了。至于她要抹黑就让她去抹黑好了，总不能一直让自己郁闷下去吧！"

后来这个客户确实跑到公众号后台来向我投诉，说我们的小伙伴不让她下单了。我没有理她，直接把她从公众号拉黑了。

可能有人会不赞同我的做法，认为再过分的客户我也不应该和他们计较。

但我不这样认为。

做任何事情，心情很重要，你每天是开心的还是郁闷的，情绪完全会被带到工作中，甚至会被带给所有和你接触的人。

遇到很过分的客户，还要强迫自己笑脸相迎，让她恶心自己、欺负自己，以显示自己的大度，我觉得完全没必要。

我们不是圣人，都有七情六欲，会因为遇到善良的人而心怀感恩，也会因为遇到奇葩的人而情绪低落。

不要和自己的真实感受对抗，明明心里一万个不愿意和对方接触，还要强迫自己笑脸相迎，时间久了，你会看不起自己。

服务一个低素质的客户，你会心力交瘁，积压很多不良情绪，这种情绪会不自觉地被带到下一个客户身上——起码你不会非常热情了，这会影响很多优质客户的体验。

事实上，服务一个低素质客户，你需要耗费大量时间和精力。这些时间和精力可以服务十个优质客户了，而且你会更愉快。

这也算是一种取舍吧！

但是有一点你要注意，你可以不做她的生意，但没必要与其交恶。不做她的生意是你的选择，不出恶言是你最起码的修养。

你被婆婆吃定，
真相只有一个

前段时间，有位妹子向我求助，说本来她的生活挺好的，老公工作不错，脾气好。

前两年，两个人通过努力按揭买了一套一百平方米的房子，今年刚刚装修好搬进去，生活一下温馨舒适很多，让她觉得这日子特别有奔头儿。

但是好景不长，婆婆自说自话地拿着行李过来了，说年轻人都不懂得照顾自己，她过来给他们做做家务，以后再帮他们带孩子，减轻他们的负担。

虽然不愿意和婆婆同住，但人都已经来了，又不能将婆婆赶回去，只能言不由衷地说欢迎婆婆。

和老人家同住自然很受拘束，但这还不是最痛苦的，几个月下来，她发现婆婆是一个戏精，不拿奥斯卡"小金人"真是太埋没婆婆了。

比如老公在的时候，婆婆绝对是"五好婆婆"，只差把饭端到他们手中，喂他们吃了。

但老公不在时，婆婆就坐在客厅里嗑瓜子，看电视剧，反过来使唤她做这做那。

她自然不乐意，有时候意有所指地暗示老公。

每当这时，婆婆就会可怜巴巴、小心翼翼地问他们："是不是我住在这里，让你们不方便、不喜欢了？"

老公赶紧说："怎么会呢？"

然后，他还让她对老人家好一点儿。

婆婆占了上风后，越发过分了，甚至在老公不在的时候直接告诉她："老婆可以再找，老妈可只有一个，儿子是自己生的，肯定向着自己的妈妈。"

每次婆婆都拼命在老公面前表现，将勤劳、贤惠、和善等传统美德表现得淋漓尽致，但老公不在时，就立刻将抹布一扔，成为"皇太后"，使劲折腾她。

有时候，她也故意不做家务，想让老公知道他妈到底是怎么样的。

但婆婆显然胸有成竹，颤巍巍地说："我年纪大了，今天腰骨特别酸，都直不起来了。这些活儿先留着，等我好一点儿了，再收拾。"

于是，老公对她越来越不满了，觉得她太不懂事，他妈都不舒服了，她也不知道帮一把，还故意把活儿留给自己看，是什么居心？

她老公甚至也不指望她做，自己去收拾，以行动表示自己很不爽。

她憋屈得要死，问我："遇到这种'戏精'婆婆怎么办，有没有什么招数对付婆婆？"

我说："很多家庭为了安全，会在家里安装监控，尤其是有孩子的家庭，以方便时时查看孩子的情况。"

妹子恍然大悟。

过了一段时间后，她眉飞色舞地和我说，她趁婆婆不在家里的时候装了摄像头。

婆婆又一次在家作妖，挑拨他们的夫妻关系，说自己年纪那么大了，还每天勤勤恳恳地照顾小两口儿，结果媳妇不待见她，经常给她脸色看不说，还想冤枉她。

因为以前被婆婆设计过很多次，老公对她的态度已经远远不如从前。所以，他基本偏向相信婆婆的话。

婆婆非常得意地看着她，想看她吃瘪的样子。结果她当着他们两个人的面调出了监控，让他们自己看看婆婆这几天的行为。

婆婆看着画面里自己当着儿子的面勤快利索，儿子一走立刻甩手，故意为难儿媳妇，挑拨离间等片段，脸上青一阵白一阵。老公也恍然大悟，原来自己的母亲竟然是这样的。

当天晚上，婆婆就收拾行李走了，没脸再待下去了，老公也讪讪的。

妹子大获全胜，心情美得不得了，第一时间就跑来告诉我。

末了，妹子感叹地说："晚情姐，你果然'诡计多端'哪！"

彼时，我正在电脑前一边吃草莓，一边和先生讨论装修图纸，闻言差点儿被草莓噎死。

先生戏谑地看着我："有没有后悔帮她？"

我自圆其说："不后悔呀，可能她语文没学好，滥用成语呗！"

但其实我很清楚，虽然妹子按照我说的方法去做了，可是她内心始终认为她是一个善良宽容的人。她唯一能接受的是别人被她的善良宽容感动而改过自新，无法接受的是用了这种"左道旁门"才解决了问题，觉得这和她原本对自己善良宽容的认知产生了冲突。

其实很多人遇到问题，难道自己真的没有任何解决方法吗？不是的，很多事要去解决，要么需要狠下心来，要么需要取舍，要么需要智谋，他们顾及自己的名声，不敢去做，需要别人推一把而已。

说到底，就是他们特别在乎别人对自己的评价。

前几天我在平台上推送了一篇文章，着重提到一个问题，就是很多妹子一直抱怨老公不做家务，不带孩子，所有的家务压力都在自己身上。

我的意见特别简单粗暴："谁痛苦，谁改变；谁在乎，谁妥协。你若不愿意配合，别人能对你怎么样呢？"

很多姑娘和我说："话虽然是这么说的，可是如果家里很乱，孩子没有人带，不管这个男人多垃圾，女人多辛苦，很多人还是会说是这个女人太懒，这个女人不贤惠，而不会去指责男人。"

每次看见这种留言，我都会觉得一种窒息的感觉扑面而来。你那么在乎别人说什么干吗？你自己都已经这么累、这么不幸福了，别人一点儿也不心疼你，一点儿也不为你着想，一点儿也不能为你分担压力——你还考虑他们怎么想、怎么看干什么呢？

记得有一次，一位姑娘问我："晚情姐，你从来不委屈自己，结婚不办酒席，三十多岁才生孩子，从来不干家务，不害怕别人的议论吗？"

我说："我又没有做什么伤天害理的事，只不过是努力过自己喜欢的生活，按照自己的节奏生活，遵从自己的内心而已，为什么要害怕别人怎么说我？那些高层次、有素质、有界限感的人，只会欣赏我，才不会来议论我。会议论我的人，基本上自己的生活一团糟，没有自我，没有追求，认知层次低，只能求同，不能存异。他们说我我还觉得高兴呢，这说明我和他们不是一个世界里的人。有的人指责你，恰恰是肯定你，因为他的指责正好把你和他区分开来了，你要为此高兴。"

但是很多人始终不明白这个道理，特别在乎那些三姑六婆的评论，特别想要得到所有人的认可，结果把自己搞得很累。

说句实话，就是因为你很在乎别人怎么看你，所以别人才喜欢议论你，看你的各种反应。那些活得恣意潇洒，根本不在乎别人怎么说的人，别人反倒不爱对其指指点点，因为他们明白这只不过是自找没趣而已。他们说得口干舌燥，人家一点儿反应都没有，太挫败了，所以懒得去议论人家。他们专找那些内心脆弱，会因为别人的一两句话而耿耿于怀三个月的人。

一次大扫除给我的人生感悟

年前，先生看到客厅、书房、卧室里到处都是我的书、快递、样品，坚决要来一次大扫除。我很不情愿，但还是勉为其难地答应了。

腊月二十六那天，先生、阿姨、我妈一大早就起来打算撸袖子开干，只有我一个人一拖再拖。

我不是不知道家里的东西多，而是在人际关系上、事业上都很干脆，唯独不喜欢扔东西。可能也是占有欲强吧，但凡我自己的东西，我就有感情，很不愿意扔掉。

所以我不干活儿，负责监督他们，以免他们把我重要的东西扔掉了。

阿姨先清理了灵宝的玩具。这些我没有意见，灵宝渐渐长大，很多儿时的玩具确实用不上了。

不一会儿，阿姨就收拾出整整三箱玩具。我有点儿吃惊，和其他孩子比起来，灵宝的玩具绝对不算多的，没想到收拾出来也挺壮观的。

阿姨把三箱玩具搬到外面，客厅只是被清理出一个小角，然后就开始清理我的包裹了。

里面很多东西其实我都用不上，我妈非常开心，说都给她，她可以拿去送人。于是，那些不重要的东西都归她所有了。

还有很多是电商的样品，主要是各种生活用品，先生要扔掉，我妈和阿姨立刻抢过去说："这些都是新的，给我们，给我们，千万别扔掉。"

然后是"忘羡之谜"玫瑰护肤品的样品，这一年我们开发了很多新品，样品更是一批又一批，海量的存在，这才是最占地方的东西，办公室里更多。

我妈和阿姨知道样品的原料非常讲究，兴高采烈地挑了一部分去用。

把样品清理完后，客厅就空出大半了，先生开始朝我的书下手了。

在这个环节我就像狼一样盯着他，生怕他把我要用的书扔掉，或者不知道放到哪里去。

他拿起一本，我就抢过去放好。客厅、书房、卧室里的书整理起来最费时间，我们差不多整理了大半天。

下午，我妈叫了家政的人过来擦窗户。

傍晚时分，客厅的沙发上再也看不到灵宝的玩具了，客厅的角落里也没有各种样品了，茶几、电视柜上都没有书了，整个家显得窗明几净，空阔了不少。

先生指着周围说："你看看，多干净、多舒服，这才像一个家。"

我口是心非地说："我喜欢家里乱一点儿，这样才有家的味道，而不是像样板房一样冷冰冰的。"

但说实话，被收拾过的家确实整洁了不少，之前很多样品其实是过程版本，已经用不上了，但又一直舍不得扔，毕竟我参与了所有研发过程。

但如果一直不处理，样品会过期，而且明年和后年的样品就无处堆放了。从理智上来说，这些东西本来就该被处理掉，但我一直拖着不愿处理。

后来，我想着干脆连衣帽间也一起整理了吧，衣帽间更乱，衣服都挂不下了。

我这么一整理，"败家"的证据太多，很多衣服吊牌都还没被拆，更别提上身了。大多就是我买的时候一时兴起，买回来就想不起来了，又或者是刚买来就发现有更喜欢的，前面买的就被束之高阁了。

我不喜欢把自己的衣服送人，就让阿姨给我找了几个大箱子，把它们都叠起来收好。

在收拾的过程中，我发现很多我挺喜欢的衣服，因为没地方挂了，都被堆在角落里。等我把那些不穿和不是特别喜欢的衣服收起来后，柜子里顿时就有它们的容身之所了。

也许在别人眼里，这只是一次家里的大扫除行动，但我觉得其实是一个更加清楚认识自己的过程。

在大扫除的过程中，我发现自己的占有欲很强。很多东西并不是我真的需要或者很喜欢的，仅仅因为它们属于我，我就不喜欢让别人去动，以至东西越堆越多。

通过大扫除也帮我审视了自己的消费观。我发现在收拾衣服的过程中，那些我从来没穿过或者只看了几眼的衣服，基本都是因为很便宜才被买回来的，想着反正也没多少钱，先买了再说，而那些我一直很喜欢的衣服，大多价格挺贵的。

便宜的衣服虽然没花多少钱，但我基本没穿过，或者一穿上身就觉得不是这里不好就是那里不满意，又会将其放回去，实际上没有产生任何价值，没用才是真正的浪费。

而那些贵的衣服，虽然买的时候有点儿心疼，但之后穿的次数多，我对肤感和款式都很满意。这反而让我觉得购买得更值得。

这也让我明白了自己在消费观上的一些不足，以后买东西会更加理智，而不会因为价格便宜而购买。

还有那些书，更能帮我认清自己。很多书连塑料膜都没有被拆掉，但我还是不断地买，给自己营造一种假象：我花在买书上的钱越多，就证明我越是上进。

其实我买来书不看和不买有什么区别呢？

还有一种情况是，有些书我确实很感兴趣，但一直抽不出时间看。每当我想看时，总有这样或者那样的事情突然要我处理，然后书就被一放再放。这说明我在时间管理上其实还可以更加完善，比如规定好一个时间段就是用来看这本书的。

很多时候，我不是真的没时间，而是没规划。认识到这一点，也可以让我在明年的学习、工作中，将时间安排得更好。

还有很多东西我之所以抗拒扔，是觉得万一有一天又要用上，怕找不回来了。但我大概估计了一下，其中99%以上的东西，在后面的时间里，我从来没有因为又要用上而去找它们。因为很多东西我根本想不起来，又怎么会需要呢？这只是自己的一个借口而已。

而且为了微乎其微的可能性，让这些东西占用了自己的很多空间和精力，其实是挺不划算的。

我们收拾物品，实际上是通过整理物品来清理自己的内心。当你觉得生活冗杂沉重、环境压抑难受，又不知道该如何改变时，也许可以通过清理一些东西开始，毕竟相对于改变精神世界，改变物质世界显然更容易一些。

一件旧衣服，
揭露了婚外情的真相

读者小语凌晨给我发邮件倾诉婚姻中的故事。

她在邮件里说：

我们结婚五年，感情一直不好不坏。要说好吧，也没有人家那种黏糊劲儿；要说不好吧，也从来不吵架，不脸红。我想这可能是因为我们不是自己认识恋爱，而是相亲成功。所以，我也不是很在意这件事。

我第一次发现他不对劲，是在这次疫情大家都被迫居家的时候。刚居家的那几天，他坐立不安，心神恍惚。我也是个女人，知道他这种表现既不是为了工作，也不是为了家庭，而像是为了另一个女人。

我一直告诉自己，不要胡思乱想，女人最喜欢胡思乱想了。可是接下来我发现了他更多不对劲的地方，比如他老是躲到阳台或者卫生间去打电话。有什么电话他不能当着我的面打呢？

所以我知道，他十有八九已经出轨了。

真相暴露是因为我们的儿子。疫情期间孩子迟迟没开学，在家待得很郁闷，所以时不时地要拿我的手机去玩儿。但那天我的手机刚好在充电，他爸爸还没起床，他就拿了他爸爸的手机玩儿游戏，然后我就看见手机里突然跳出一条消息——

"老公，你起床了吗？这段时间见不到你，我一直过得很煎熬，好想你啊！"

这条消息印证了我的所有猜测，在现实里，我脾气不错，但不是那种自欺欺人，发现老公出轨还能若无其事地过日子的女人。

所以我和他摊牌了。一开始他不说话，但也没有否认。后来在我的逼问下，他就承认了。

比较有戏剧性的是，当我提出疫情过后就去离婚时，他又不愿意了。呵！真是搞笑，他们不是很喜欢对方吗？那我退出成全他们，他们应该兴高采烈，怎么还不愿意了呢？

晚情姐，您能告诉我他为什么是这样的表现吗？他

是不够爱对方，还是对我仍有感情？

看了小语的故事，我突然想起前几天的一件事。

那天我妈实在闲得无聊，就跑去整理我的更衣室。我不放心，就跟了过去。

她拿起了一件我几乎没有穿过的黑色大衣。我想起当时我觉得那件大衣款式还不错，就买了回来，但是这款大衣要高个子的姑娘穿才好看，而我人比较娇小，这件大衣基本能把我整个人给罩住。所以买回来之后，我一次也没有穿过。如果不是我妈拿了出来，我几乎已经忘记我有这样一件大衣了。

我妈说："这衣服怎么没见你穿过啊？"

我随口说："我不是很喜欢这衣服。"

她一听，立刻高兴地问："你不喜欢啊？那我拿去送人了？这衣服料子挺好的。"

我下意识地说："不行，万一以后我又喜欢了呢？"

然后我又仔细地看了看那件衣服，发现我对它的款式还是很喜欢的，只是自己驾驭不了而已，就这样把它挂在衣柜里偶尔看看也不错。

我妈很不高兴："你又不穿，放着浪费还占地方。"

我也很不爽："你管我那么多干吗？又没占你的地方，反正不能送人，这是我的东西。"

我妈丢下一句"小气鬼"，就懒得整理我的更衣室了。

我把那件大衣重新抱回房间去试穿了，然后越发觉得不送人是对的。

这是发生在我自己身上的一件小事，也是特别真实的一个心理过程。

对小语的老公而言，他未必对现在的婚姻很满意、珍惜，否则也不会出轨，甚至出轨的时候，可能还动过离婚的念头。

但是当小语提出离婚的时候，他的瞬间反应就是拒绝。可能在他心里，婚姻是他的，老婆是他的，孩子是他的，虽然平时没太大感觉，但有一天突然被宣布他要失去这些东西了，他的本能反应就是拒绝——哪怕这些东西原先在他心里并不重要。这是很多男人的一个瞬间反应，但是被很多女人理解为还有感情，他对"小三"不够深爱等。

其实，这就是占有欲作祟而已，他不想失去原先属于自己的东西。

甚至因为被告知即将失去，他又觉得这些东西很珍贵，反而表现出一种珍惜的感觉来。就像我对那件衣服一样，因为我妈要将其送人，我就把它拿回了卧室。

哪怕这个男人特别爱情人，很想离婚和情人在一起，对老婆已经没有感情了，但在离婚的那一刻，内心也不会很好过。因为除了感情，我们还有回忆、习惯这些东西。当我们要对回忆、习惯进行割舍的时候，内心多少会有所留恋。

比如有的家庭经过努力打拼后，换了更大更好的房子，要从原先的小房子里搬走，虽然他们知道要搬到更大更好的房子里去了，但在搬家的时候，看见处处充满回忆的房子，内心还是会不舍。

这两者的区别在于从小房子里搬到大房子里，不舍只是一瞬间的事，很快人就会因为拥有更好的新生活而开心。

但如果一个人从有到无的话，这种失落感就会长久持续。

其次，对被动发现婚外情的男人而言，99%以上并不想做出取舍，不然他为什么要辛辛苦苦地瞒着？他不就是希望既不影响家庭，又不影响婚外情吗？如果他愿意取舍，哪里需要这么小心翼翼？

所以，当这样的男人被发现婚外情的时候，他根本不想离婚，而且也没有做好离婚的准备，肯定会拒绝离婚。

就像有些人的工作很机械，也没什么发展空间，所以身边的人劝他换一份工作，但如果他没有做好辞职的准备，第一时间就会拒绝这种提议。因为大多数人本质上都害怕改变，以及对未知人生充满担忧和恐惧，这也是很多人的本能之一。

最后，他觉得还没有到达他必须做出选择的阶段。

在婚外情中，主动或者很干脆地做出选择的男人极少，大多数人不管是回归婚姻还是离婚，都是各方施压的结果：比如有的人是老婆下了最后通牒，不和外面断干净就离婚，他可能就被迫回归婚姻或者离婚；有的是情人怀孕要求上位，他可能离婚，也可能回归家庭。

就像很多人明明知道拖延不好，到最后还得去做这件事，或者付出更多代价，但就是喜欢拖到最后一刻再去做这件事。

说到底，这不过是人的劣根性使然而已。

婚外情中，男人和女人最大的区别就是，女人用感情衡量男人的婚外情，琢磨他到底爱谁，男人却用人性在交答卷。

大年三十，
那对替儿子还赌债的老夫妻

　　小姑姑过来看灵宝，顺便和我妈说起老家的一些人和事，说隔壁老张夫妻的日子真是过得惨哪！

　　老张夫妻的儿子好赌，输了上百万元，信用卡上欠了很多钱，还有从亲戚朋友那里借的外债。之前他们的儿子被拘留了，出来后也不知道跑到哪里去了。大年三十，夫妻俩被人堵在房子里，要求子债父偿。因为他们没钱还，他们家的大门都被人砸了，到现在都没有修好，就用一块木板挡着，好在家里也没什么值钱的东西，不怕小偷光顾。

　　夫妻俩没办法，又已经六十多岁了，找不到什么高薪的工作，只好一个给人看大门，一个给人做零工，替儿子还债，但他们的收入还上利息都勉强，何况是还本金呢，晚年十分凄凉。

我妈叹了一口气说："这什么时候是个头啊？他们这辈子估计都还不上了，以后年纪越来越大，儿子又搞成这样，怎么办哪？！"

我心中却毫无波澜，一点儿同情的感觉都没有。

我在很多文章中表现出了我对老家一些不喜的情绪，并不是因为那里穷。我老家虽然地处小县城，其实经济并不落后，但那里好赌成风。三四十年前，那一代的年轻父母生完孩子就扔给老人，自己则吃喝玩乐，不事生产。

我就是那一代的孩子，所以对这一切情况了解得最深，感触也最深。

那时候，很多年轻父母没有正经的工作，不是找不到，而是根本不想去找。每天都是由老人做好饭叫他们吃，他们吃完将嘴巴一抹，男的打扑克、推牌九，女的打麻将，他们的孩子则由孩子的爷爷奶奶带着，家务也是由孩子的爷爷奶奶做，吃喝用度基本也是由孩子的爷爷奶奶提供。

可以说，在当时那个环境里，勤勤恳恳劳作的年轻父母屈指可数，耐心培养孩子的年轻父母更是凤毛麟角。

这些父母打牌赢了，就顺手给孩子买点儿零食；打牌输了，孩子就沦为出气筒。所以我们那一代的孩子，成长得都很艰辛。

我曾经悲愤地说："如果我出生在一个穷乡僻壤里，父母每天都是脸朝黄土背朝天，家里再穷我都认了，我还会很体恤父母，但如果是好逸恶劳导致贫穷，我不能接受。"

也因此，我这辈子都痛恨赌博，很小就暗下决心，一点儿都不要沾这些恶习。我要好好努力，离开这种恶劣的环境，而且要以身作则，好好教育我的孩子。

我得感激我从小就特别爱看书，所以我的三观是通过阅读古今中外的世界名著渐渐形成的，并没有受老家那些不良习气影响。那些习气甚至成为反面教材，让我清楚地看到，染上那些恶习的人是什么样的精神状态和生活水平。

但很多孩子就没这么好的运气了。因为父母长期混迹赌场，他们也早早学会了这些左道旁门，五六岁的孩子对那些牌技门儿清。

我还记得当时我爷爷抽着烟，望着夕阳西下，年迈的父母去牌桌上叫儿子、媳妇回去吃饭的景象，摇摇头说："看着吧，大好年华就这么挥霍，吃苦头的日子还在后面呢！总有一天，他们会悔到肠子发青。"

渐渐地，我们这些孩子长大了，两极分化非常严重。那些父母勤勤恳恳的人家，孩子大多也挺上进，一路高中、大学地念过来，哪怕没有大富大贵，也有稳定的工作，日子过得不错。

而当年一直混迹赌场，从来不教育孩子，一不顺心只会打骂孩子的人家，他们的孩子长大后，有很大比例长歪了。

最先闹出事的是离我们家不到一百米的那户人家，儿子在外面成了杀人犯，而噩耗传来那天，母亲正在打麻将。那时候我在学校里，这一切事情都是回来后听家里人说的。

我只知道，因为未成年，那户人家的儿子最后被判了十五年，而他母亲照样每天打麻将。我当时说了一句："儿子都变成这样了，她怎么还打麻将啊？"

当时一些和她差不多的人理所当然地说："不打麻将干吗？难道因为儿子杀人她就抹脖子上吊吗？"

但这件事对很多父母还是产生了警醒作用。这种不良风气有所收敛，有的父母开始关注子女的教育问题了，也幸亏有这个转变，挽救了不少家庭和孩子。

但还是有一部分人根本不以为意，继续我行我素。

如今三四十年过去了，他们老了，孩子也都长大成人了。

他们的子女有很大比例要么信用卡上欠了很多钱，要么在外面欠了很多赌债，或者干脆人都找不见，直到别人上门要债了，父母才知道自己的孩子在外面干了些什么。

还有的人就是婚姻不幸，频频离婚。

他们有的痛骂孩子不争气，有的说等孩子回家要打断孩子的腿，却不想想，自己的孩子是怎么学会赌博的？还不是小时候孩子老在赌场里玩儿，耳濡目染之下就学会了？

他们种什么样的因，就收获什么样的果。在该好好教育子女的时候，他们选择了享乐，现在需要孩子争气，给自己养老了，这些孩子也走了他们的老路。别提给他们养老了，这些孩子不让他们收拾烂摊子就算是大孝了。

于是，我们那里又出现了一种新的景象。那些年轻时只顾玩乐的父母，一把年纪后却开始赚钱给孩子还债了，孩子的一生基本毁了，自己的晚年生活也没有着落，不知道再过二三十年会是何等凄凉景象。

如今，我爷爷已经九十多岁了，但精神矍铄，经常戴着暖帽、抽着烟说："因果循环，都是自找的，可惜生生毁了自己的孩子。"

有时候，我回老家看见隔壁老张一家人，心里还是忍不住叹息。记忆中，他们很年轻，咋咋呼呼的，偶尔我会听到他们打骂孩子的声音，但更多时候，他们都不在家。他们的孩子和我有几岁的差距，我们虽不是玩伴，却也是从小看着彼此长大的。他们的孩子小时候很乖巧，慢慢地就变得叛逆了，长大后更是桀骜不驯，没想到最后走上了这么一条路。

如今，那些父母已经老了，甚至看起来比实际年龄更老，眼睛混浊，背似乎也直不起来了。

我在想，午夜梦回的时候，他们可曾后悔过这一生的活法？

但无论如何，人生不能重来，他们的这一生，只能让我们这些后来人引以为戒。

如果孩子以死反对你离婚，
你还会离吗？

这是一位读者给我讲的故事。

她说："晚情，看了大半年你的文章，我基本上也知道你的观念了。你提倡女性独立、积极、保持自我。客观地说，你提倡的都是正能量的东西，确实能给很多女性鼓舞的作用。可很多女性想追求自我，却被很多东西束缚，又该怎么办呢？比如在离不离婚这件事上，如果孩子以死反对呢？"

然后，她给我讲了自己面临的问题。

这位妹子刚刚三十五岁，结婚十来年，有个儿子今年刚上小学。在孩子念幼儿园时，她因为工作离得比较远，基本上都是老公负责接送。

一开始老公是不太情愿的。虽然他离幼儿园比较近，但每天接送也很麻烦，经常会和工作冲突。

可是一段时间后，老公就很主动地接送孩子了。她挺高兴的，觉得老公终于适应接送孩子的任务了，而且表现得越来越好。

正当她沉浸在幸福生活中时，孩子却无意中向她透露，爸爸跟老师在亲亲，她的脑袋"轰"的一声炸了，这一年来老公的变化都在脑海里回放。

难怪明明不愿意接送孩子，老公突然就乐意了；难怪每次接送孩子前，老公打扮得特别精心；难怪他在家里对孩子的老师称赞不已，原来，竟有这样的隐情。

她直接找老公摊牌了，要他们断了关系。那位老师大概也顾及脸面问题，怕她闹开，就答应不再和她老公来往。

而她也想尽一切办法给孩子转了园，不管多远都自己接送孩子。

可女人是敏感的，她能感觉到二人并没有断了来往，只是来往得更加小心谨慎。

从此，他们隔三岔五地吵架。每次都是孩子哭着求他们不要再吵架了，他们才会鸣金收兵。虽然两个人的感情出了很大的问题，但双方都比较爱孩子。

就这样，一日又一日，一年又一年，孩子渐渐长大，夫妻感情越发淡薄，吵架成了家常便饭，"离婚"成了口头禅。

有几次他们甚至到了民政局，又因为种种问题而没有离成。

有一次，她发现除了那个老师外，老公还和公司里一位女同事相处暧昧，当然，这又引发一场激烈的争吵。

两个人当场就表示过不下去了。

然而那天是周末，当他们气冲冲地要出门找律师时，孩子爬到了窗台上，对他们怒吼道："你们要是敢离婚，我就从这里跳下去！"

这一惊非同小可，两个人赶紧表示绝对不会离婚，只是一时冲动，保证不会离婚，孩子才从窗台上下来了。

经过这件事，两个人都消停了一阵子，但这种情况能震慑住一阵子，却管不了一辈子。过了段时间，两个人依旧吵架，每次吵得不可开交时，孩子就用跳楼威胁他们。

自然，他们离婚的事在孩子的威胁下，次次都不了了之。

但两个人的关系继续恶化，只要孩子不在，他们就用最恶毒的话攻击对方，简直恨不能"生啖其肉"。

原先他们身边的人都是劝和不劝离的，可是看他们把日子过成这样，大家渐渐也转了口风，说他们实在过不下去就算了吧，一别两宽，各生欢喜。

妹子说，她也想结束这种状态，但万一孩子做出什么极端的事情怎么办？

妹子问我："如果是你，处在这样的情况下，还会坚持离婚吗？"

我很直白地跟她说："听完你的故事，我的关注点不是要不要为了孩子离婚或是不离婚，而是我发现你们在孩子的教育问题上已经出现很严重的偏差，而你们毫无察觉。

"平心而论，极少有孩子希望看见父母离婚。很多所谓的孩子支持父母离婚，是看到父母过得实在太痛苦，才不得不支持。

"若有的选择，谁不想一家人其乐融融地生活呢？

"可是，很多子女反对父母离婚，并不会用如此极端的方式逼迫父母就范，一不顺心就要跳楼，可见平时你们对孩子的教育已经偏离到什么程度了。

"你们是他的父母，自然不忍心他去跳楼，会为他妥协，可是人生有很多挫折——如果以后他失恋了，是不是也要去跳楼？恋人会不会为他妥协？工作遇到了挫折，他要不要去跳楼？上司会不会为他妥协？他有几条命可以跳？

"他不能正面表达自己的需求，或者说你们根本不在意他的正面需求。他一定要用极端的手段才有用，这就是你们最大的失职之处。

"这远比你们离不离婚的危害更大，因为孩子处理问题的方式很大程度上会伴随他一生。

"父母需要给孩子的东西，有些远比形式上完整的家更重要，比如面对问题的勇气、正视问题的理性以及解决问题的能力，而不是孩子动不动就做出极端的事情来。"

我经常听到一些妹子半忧伤，半甜蜜地说："如果不是怕孩子受伤，我早就离开那浑蛋了。"

大多数人会对此表示理解，毕竟父母爱子女，为之计深远，别说只是不离婚，就是给自己的命都可以！

当时我还没孩子，但是相信如果我的孩子遇到危险，即使出于本能，我也会以命相救，这就是骨肉亲情。

但愿意为孩子付出生命是一回事，把自己的人生和孩子捆绑在一起又是另外一回事。

很多父母唯恐孩子心里有一点点不痛快的情绪，总是想方设法地替孩子规避一切问题，却很少有人思考：我们这一生走来，谁不是跌跌撞撞，谁不是有笑有泪，谁不是经历过无数挫折后，才过上了自己想要的生活？

倘若孩子一点点承受能力都没有，受到一点点挫折就要死要活的，如何过好这一生？

也许有人觉得这样会不会太狠心了？可我们不得不承认，很多时候，心软的人不但自己过不好，也无法令身边的人过好。

他们往往在取舍之间举棋不定，既不愿失去什么，又无力抓住什么，一生纠结不已。

而心狠的人，做事干脆利落，往往会拥有一个新天地。

有一句话叫"小爱如大害，大爱似无情"，说的就是这个道理。

所以面对孩子，离不离婚真的不是最重要的，但如果我们能够给他们一个温暖的家，当然要给。

我始终觉得一个温馨有爱的家，对孩子的成长是最有利的，父母相爱，是他感受世界美好事物的最初源泉。

　　但倘若达不到这个条件时，父母首先要做的不是假装给他一个完整的家，而是教会他如何面对人生中不如意的事，如何正面解决问题，这才是真正爱孩子，为他的终身幸福负责的好父母。

那个和老板情同兄弟的老员工

这几年来，我认识了不少创业者。其中一位创业者的故事让我很是感叹，也让我在管理团队时思考了很多问题。

我就叫他 K 吧。K 刚创业时只有一个员工，他们两个人的关系不像员工和老板，倒像是兄弟。

K 是一个很有抱负的人，不会满足于小打小闹，而是希望将公司做出规模来。K 把这个员工看得很透彻，这个人愿意做事，人也踏实，当员工挺不错，但管理能力不足。

虽然他很希望有个非常厉害的人加入自己的团队，但也知道现实，对一个刚刚创业的人而言，没有资金，更没有广阔的平台，厉害又靠谱的人凭什么跟着自己干？再说了，自己也开不起他们想要的薪水，所以员工愿意做事，态度认真就已经非常好了。总体而言，他对自己的员工还是挺满意的，而且认为很多能力是可以培养的，慢慢来吧！

K是个天生的创业者，短短两年时间就把业务做得风生水起，团队越来越大。当然，他对第一个跟着他的员工很有感情，在薪水和职位上很是照顾对方。

同时，K也清楚这位员工的优点和短板，一心想让他有更大的发展，所以就督促他学习，尤其是培养管理方面的能力。

但这个员工并不是个爱学习的人。K给他的书或者送给他的课，他基本都放在一边。K问起的时候，他也很敷衍。

另外就是性格问题了，有时候一个人要获得领导能力，一是靠学习，二是天生就具备这种特质，但这个员工天生就欠缺管理特质，后天又不肯学，自然无法具备这项能力。

一段时间后，K也累了，知道一个人必须自己跑起来，靠别人生拉硬拽是没有用的。再说K自己每天那么忙，能有多少时间去督促别人呢？！

所以，K从外面招了个能干的人来当经理。对方确实挺厉害的，基本不用K再操心，业务蒸蒸日上，但同时K也有了新的麻烦。

新经理没有来的时候，那个老员工一直挺好的，虽然不是管理人的料，但对本职工作还是做得很尽心尽责，可新经理来了后，他的心态就失衡了。

他觉得自己跟了K这么久，一直都认真工作，一心辅助他，这个新经理的位置应该是自己的，结果K却一点儿旧情都不念，直接从外面招来了一个人，这把自己置于何地？

他并没有来找 K，而是把这种不满情绪带到了工作和团队氛围中。他工作消极，对待新入职的员工喜欢摆老姿态，经常说："我从 K 总刚创业时就跟着他了——他创业的每一个阶段我都参与了。"他言外之意就是：我资历深，你们都得明白我的重要性。

其他员工不敢惹他。不管他工作干得好不好，配不配合别人，大家都默默忍了。

毕竟 K 对他的特殊对待大家都是看在眼里的。

新经理也对他礼让三分，毕竟自己是新来的，一来就和资深老员工对上，对自己没什么好处。

渐渐地，K 也感觉到了团队诡异的气氛，约了新经理在外面喝咖啡。新经理是个聪明人，委婉地把那个员工的情况说了，把这个问题交给了 K 去处理。

其实 K 也感觉出这种情况了，但一直不愿意面对。他想了想，给老员工加了薪水和奖金，希望以这种方式来平衡这个问题。

然而让他没想到的是，这个老员工的想法是：哼，你给我加薪就是因为也觉得自己对不起我。我跟了你这么多年，你却只给我这么一点儿钱。

当然，他没有直接表现出来，而是当面感谢了 K，说自己会好好工作的。K 松了一口气，以为解决了问题。

老员工回到团队暗示别人：K 给我加薪了——连 K 都要看我的脸色安抚我，你们知道我的重要性了吧？

　　K 不知道的是，这段时间老员工工作懒散，在团队里负能量很强，薪水却比其他员工高一大截，大家心里就渐渐滋生了不满情绪，觉得 K 很不公平，对他的意见也越来越大。

　　新经理原本是希望 K 能把这个刺儿头老员工解决掉，好让自己大展身手，结果 K 不但不解决这人，还给对方加薪，让对方更加嚣张。新经理对 K 失去信心，随便找了个家庭问题的借口，就辞职了。

　　新经理走后，老员工更加肆无忌惮，暗示众人新经理就是被自己挤走的，自己在老板心目中是独一无二的。

　　于是，大家对 K 更加不满了。

　　当团队里的人都对老板有意见了，谁还会好好干活儿，为老板着想呢？所以公司业绩一落千丈。K 很着急，召集大家开会，但谁会把这些心里话摆到台面上来说呢？大家都是寻找客观原因，比如现在大环境不太好，比如受疫情影响，等等。

　　后来，还是一个新来的员工揭开了这层面纱。这个员工是个热血青年，一心想把工作做好，可是发现无从着手，旁边的人不是在上网就是在摸鱼。他想推动一些项目，但没人配合他，甚至不断给他阻力，这让他很郁闷。他思来想去就直接找了 K，把团队里的问题竹筒倒豆子一般说了。

　　K 这才意识到问题这么严重，和老员工进行了严厉的谈话，大意就是：你要明白自己的能力，不是我不给你机会，而是你本来就胜任不了管理岗位。如果你不能调整自己的心态，那我只能放弃你了。

于是老员工恼羞成怒，和他闹得非常不愉快，直接把团队弄得分崩离析。这时候 K 想力挽狂澜，但人心早就散了，想再凝聚起来谈何容易？最终 K 不得不忍痛解散了团队。

我和 K 有过一次很扎心的深聊。我很犀利地指出："其实你在这件事上要负最大的责任。你一开始就应该让老员工明白自己的定位和能力，而不是不断给他希望，让他误以为自己可以成为你的代言人。当你发现他的问题时，就应该给他补偿让他离开，这样你的新经理不会失望地离去。你一直想着让新人和老人都满意，最终却让团队分崩离析。我说句实话你别生气，你之所以一直不让这个人走，是想借他告诉所有人，你是多么念旧情，多么重情义，而不是你真的多舍不得他。你怕你让他走了，别人都会骂你无情，跟你这么久的人你说让他走就让他走了。"

他苦笑道："你把我看透了。"

其实我哪里是把他看透了，是把人性看透了。很多人为什么不愿意做出决断呢？就是不希望别人有任何议论自己的地方，尤其是不好的评论。

但人生在世，谁能不被人说？谁又能每件事做得面面俱到，人人满意呢？

最终我们图的不过是四个字：问心无愧！

至于别人要怎么说，那就由他们去好了。

为什么"有个性"的女人
往往比"好女人"过得更好？

有位朋友看了我写给自己的那篇《三十岁以后，我不想再委屈自己》文章后跟我说："你在文章里写的状态也是我喜欢和向往的，可是如果在生活中，这么有个性，人缘会不会很差呢？"

我想，这大概是很多好脾气、好性格的女人共同担心的事吧？因为担心人缘不好，因为担心别人不喜欢自己，所以很多人不敢表达自己内心的真实想法，而是以自己的理解去迎合别人的需求，觉得如果按照自己的内心行事，别人一定会受不了自己，人缘会一落千丈。可情况真的会这样吗？

我先给大家讲个故事吧！

我念大学时，有个同学，叫她 X 吧。我们同住一层楼，她是出了名的好人。我们几个寝室里，上海本地的同学不少，到了周末她们都回家了，剩下的几个寝室里的人经常一起玩儿，关系很好。

有时候到了周末，大家不愿意出去吃饭，往往在寝室里吃点儿零食，不然就去学校外面或食堂打包些饭菜。我不知道现在的大学里是怎么样的，我们那时候没有那么多送外卖的人，就算送也不让送到女生寝室，还得自己出去拿。

X喜欢自己出去买东西，每次去之前就会挨个儿寝室问大家要不要带饭。我们当然乐意，往往手忙脚乱地找零钱，写便条给她。

然后，X就拎着很多饭菜回来，一个寝室一个寝室地送。

她老家有很多特产水果，每到成熟季节时，她的父母就会寄很多水果过来。水果不能久放，X又大方，往往一袋袋地将水果装好，然后分给我们。

若是平时我们有点儿什么事去找她，几乎不会有被拒绝的时候，除非她实在做不到。我打从心里讲，X真的是个很好的女孩儿。

我经常逗她："我要是男人，保证娶你。"

每次她都笑红了脸："情情你最坏了，老是喜欢捉弄我。"

我表情认真地说："我没捉弄你啊，是真的觉得你很好，娶你太幸福了，你这么会照顾人。"

X继续照顾着我们一群人。

我们都觉得她很好，可是很多时候往往会忽略她。

有一次，我从外面回来，在宿舍楼外看见 X，就走过去跟她打招呼，她却突然背过身去。我觉得奇怪，就走了过去，发现她竟然在哭。从认识她到现在，我从来没有见过她哭，很是惊讶。

我问："怎么了，谁欺负你了啊？"

X 只是哭，也不说话。我又问了几次，她还是只哭。

我无奈地说："那我先上楼了？"

X 却突然叫住我问："情情，你以前说如果你是男人，肯定会娶我，这话是真的吗？"

我想逗她开心："呃，你不会是同性恋吧？当我没说过好吗？"

她果然被我逗得又哭又笑，但还是执着地问我要答案。

其实，我不得不承认那话玩笑成分居多，只是偶尔觉得 X 贤良淑德——我需要被人照顾的时候才会有此感慨。我转移话题问她发生什么事了。

X 犹豫了一下，告诉我她从大一开始就喜欢同班的一个男生，一直暗恋对方，不敢表白。后来听了我的话，她突然有了勇气（我发现我这人也挺欠的），想了很久，终于在昨天晚上向对方表白了，对方却说以后打算出国，不想耽误她，谢谢她的错爱，云云。

对方的话说得很委婉得体，但 X 并不傻，知道这是对方对自己无意的托词。这是她第一次喜欢一个人，被拒绝了真的很伤心。她不敢在寝室哭，只好跑了出来。

末了，她很认真地拜托我一件事："你能不能帮我问他一下，他为什么不喜欢我？"

我有点儿抗拒。对我而言，不喜欢就是不喜欢，何必再去问为什么呢？即使问了也不会变成喜欢的结果啊！

但好女孩儿往往很执拗，她说这是她第一次喜欢人，想知道自己的不足之处在哪里，以后也好改正，希望我看在她平时对我很好的分儿上，帮她这个忙。

我无奈地答应了，毕竟念大学以来 X 对我一直不错。

我去找了那个男生。男生一开始不愿意说，一直顾左右而言他，只是说不合适。后来在我的追问下（大概是为了摆脱我的追问），他说："其实 X 人挺好的，但是太没个性了，没有自己的主见，你说什么她都说是，和这样的女孩儿相处其实很乏味的。"

X 等着我的答案。那天晚上，我和她坐在学校的草坪上，和她说了很多话，我很委婉地把男生的意思转述给了她。

她听了答案后良久无言，最后感慨道："突然发现，好像有个性的女孩儿过得都比较好。我妈从小教育我的那一套，似乎一点儿都不管用。她说要对每个人好，要做一个受人欢迎的人，我一直在努力……可是其实我没有知心朋友，我喜欢的人也不喜欢我。情情，你能告诉我这是为什么吗？"

看着 X 迷茫的样子，我说："其实我们大家都知道你人好，我说说自己的感受吧！比如我，我知道你对我挺好的，可是为什么我们没有成为知心朋友呢？因为我知道你不仅仅是对我好而已。你对每个人都好，所以我就会对这种好寻常对待。我和小J是闺密，她对我其实不如你对我周到，可是我知道她对我和对别人是不一样的。当你对所有人都好时，大家就不会记得你的好。"

当时，X陷入了沉思当中。但其实到大学毕业时，X对我、对大家都没有什么变化。也是，自小形成的观念，她哪儿会说变就变呢？

后来我认识的闺密，无论是Nono还是当当，都是极有个性的姑娘。她们很清楚自己想要什么，不想要什么。我经常会听到有些人对她们不以为然，觉得她们太自我，不够有牺牲奉献精神，太能折腾。另外她们说话也足够一针见血——若有人敢欺负到她们头上，她们绝对不会隐忍，保证让对方好看。

可是，她们并不缺朋友，我也只是她们的其中一个闺密而已。她们活得多姿多彩、热情洋溢，而且精神自由、财务自由。事实上，她们身边的人，并没有因此讨厌她们，反而是欣赏和羡慕居多。

后来我渐渐明白了，为什么这些"有个性"的姑娘活得比"好女人"更好。

因为她们懂得取舍，明白这个世界上不会所有人都喜欢自己，那么与其努力从众，不如活出真实的自我。也许她们不被那些贤惠、家庭观念重的人喜欢，可是会吸引其他和她们观念一样的人，所以从来不必担心没有人喜欢自己。

而那些"好女人"所追求的一直是让每个人都满意，可是这世界上存在让每个人都满意的局面吗？不存在的。

因为这世界上的人，生活方式、观念都大不相同。同样一件事或同样一种行为，是不可能让这些观念完全不同的人一起认同的。所以，你必须有自己的观念和主见。如果没有，那么你既不属于这个圈子，也不属于那个圈子。你越追求人人都满意的局面，越容易被边缘化。

以我写文章为例，如果我一定要追求每个人都喜欢我的文章，然后费尽心机地去取悦所有人，结果会怎样呢？我想大概就是所有人都不愿意再看我的文章，因为没有立场，没有观点，不知所谓。而我按照本心去写，虽然有的观点很多人不认同，可是那些和我三观接近的读者看了就会产生共鸣。

事实上，没有人喜欢压抑自己，也没有人喜欢迎合他人，每个人心中都有一个真实的自我。那些看起来有个性的姑娘，往往更遵从自己的内心，所以给人的感觉是真实、不做作、不虚伪。

所以，我们只需要按照本心生活，那些和我们三观相同的人，自然而然就会渐渐聚集到我们身边。

世界之大，芸芸众生，有千分之一的人认同我们，已经足以让我们不再感到孤独，我们真不必去追求让太多人喜欢自己。当我们做到按照本心生活时，反而会有更多人喜欢自己。

后　记

我写这本书的过程特别顺，大部分书稿利用整个春节写成。我平时很少有这么长的整段时间，所以写得特别专注、特别流畅，自己也非常满意。

我之所以想写这本书，是这些年发现很多妹子的大量时间和精力用来纠结如何选择上，对有些选择妹子甚至能纠结三五年，大把的青春岁月被浪费在这种内耗中，然后日子过得越来越不如人意。

我在上一本书中就写了，如果两个选择让你很纠结，说明本质上这两个选择是差不多的，否则你也不会这么难以抉择，那么怎么选都没关系，但最不好的一种状态就是一直不选。

很多人不愿意作出决断的原因其实特别简单，要么就是不愿意放下现有的好处，要么就是不愿意承担任何舍弃后的结果。

人这辈子呀，别说鱼和熊掌兼得了，我们就算能得其一，也已经是相当圆满的了，所以古人经常说的四个字就是：知足、惜福！

在十年前的书里，我就专门写过这四个字的；十年后，我依然记得这四个字，这也算是一种"不忘初心，方得始终"吧！

写到这里，我突然有点儿不舍，就好像要告别了。我记得以前写小说，每次要结束时，就感觉自己像失恋了，充满了离愁别绪。

但我也有种如释重负的感觉。这些年，随着事业的发展，我的时间越来越紧张，每天被安排得很满，也唯有春节这段时间我可以安静地写作。如果我不在这个时间段写完，可能就要等到下一个春节了。如今我能顺利完成，让书早日出版给到每一位有缘的读者手里，我的内心也充满了喜悦之情。

不知不觉，我已经搞了二十年创作，算了算已经出了十几本书了。从一开始的小透明到后来的百万畅销书作家，我真的特别感谢大家一路的支持和陪伴。虽然我们可能素未谋面，但在我的心里，你们是最温暖的存在。

最后，我希望每一位看到这本书的读者都眉眼带笑，幸福如意。